Henry Kardel

ODYSSEE INS ICH

*Abenteuer erlebt nur der,
der sie zu erzählen weiß.*

- Henry James

Bibliografische Information der Deutschen Nationalbibliothek: Die
Deutsche Nationalbibliothek verzeichnet diese Publikation in der
Deutschen Nationalbibliografie; detaillierte bibliografische Daten
sind im Internet über www.dnb.de abrufbar.

© 2015 Henry Kardel
Herstellung und Verlag:
BoD – Books on Demand, Norderstedt

ISBN: 978-3-7386-2597-4

Vorwort

Liebe Lesende, lieber Lesender,

das ist es also, das Vorwort zu meinem ersten Buch. Ich hatte immer schon davon geträumt. Und jetzt, da der Moment gekommen ist, fallen mir keine gescheiten Worte ein. War ja klar. Also halte ich mich mit meinem Hinweis kurz: Dieses Buch hat einen Soundtrack. Denn ich mochte den Gedanken, dass die Stimmung jeder einzelnen Szene durch ein individuell ausgesuchtes Lied unterstützt wird. Daraus ist eine Playlist entstanden, die etwa 40 Songs umfasst (passend zur Anzahl der Kapitel) und bunter nicht sein könnte.
Die Playlist und die Links zur dazugehörigen Youtube- und Spotify-Playlist finden sich am Ende des Buches.
Ich freue mich über jeden, der diesbezüglich reinschaut.

Viel Freude beim Lesen (und Hören)!

Henry Kardel

05. August 2015, im Flieger von Edinburgh nach Hamburg, irgendwo über Newcastle

kapitel 1 - gestrandet

Ich darf mich vorstellen? Adrian Winter. Aber
da dieser Name so unglaublich konservativ
klingt und ich eher eine Abneigung gegen allzu
konservative Strukturen habe, gehen wir lieber gleich von Beginn an zu *Ad* über.

Die meisten würden mich als jung bezeichnen,
aber ich fühle mich unglaublich alt. Und das
mit 23! Nicht schlecht, oder?

An einem Spätsommerabend kam ich an, in Edinburgh. Es war bereits dunkel, die Stadtlichter umso heller, und all das war eine Reizüberflutung für mich.

Dieser erste Moment der Ohnmacht, wenn man an einen fremden Ort kommt, der hell und laut ist. Unzählige Lichter, hektische Menschen, abstruse Straßenzüge. Und während es scheint, als wüsste jeder wo er hin will, ist man der Einzige, der ausrichtungslos umherirrt. So fühlte es sich für mich zumindest an.

Die Tram hatte mich ausgespuckt, hinausgeworfen auf eine Verkehrsinsel. Angespült, wie einen Gestrandeten. Ich war der Schiffbrüchige dieser Großstadt.

Und nicht weit von hier thronte das große Castle über der Stadt. Dort oben auf den Felsen liegend, so wohlbeleuchtet und majestätisch. Sofort erkannte ich, dass es für die nächsten fünf Tage meine Orientierung, mein Fixpunkt sein würde. Erhaben, wie es dort liegt, verlangt es regelrecht nach dieser Bedeutung.

Da stand ich also, zwischen den Straßen. Ich starrte auf mein Smartphonedisplay, um meiner kleinen Stadtkarte auch nur den Hauch einer Information zu entlocken. Aus den Augenwinkeln erkannte ich: Es war grün – Zeit, zu gehen.

Weit kam ich jedoch nicht. Denn als ich meinen zweiten Schritt tat, bemerkte ich, dass sich nahe meinem Fuße ein unübersehbarer Steinsockel befand. Es war bereits zu spät.

Ich stolperte mit einem großen Satz nach vorne, konnte mich aber kurz vor dem Boden wieder fangen, ohne gänzlich dem Asphalt meine Anwesenheit zu schenken. Vermutlich sah es unheimlich dämlich aus. Ach, was heißt hier *vermutlich*?

Wäre ich doch ganz zu Boden gegangen, selbst das hätte eleganter gewirkt. Und gerade dann, als ich wieder auf Augenhöhe mit den anderen Fußgängern war, da lachte mich ein kleiner Junge aus. Er kriegte sich gar nicht mehr ein. Auch Zügelungsversuche seiner Mutter, die seine Hand hielt, waren vergeblich. Was solls?

Ich spürte einfach wie rot mein Gesicht war, so wie das ja jeder irgendwie spürt, ging aber mit einem milden, wenn auch verlegenen Lächeln weiter.

Das war ja ein toller Anfang hier. *Per-fekt!*

Andererseits, wenn ich dem Jungen damit gerade den Abend versüßt habe, wozu schämen?

In dieser Hinsicht war mein zu Boden gehen eine reine Wohltat. Kommt halt immer drauf an, wie man sowas sieht.

kapitel 2 - reisekrank

Nach einiger Zeit fand ich meinen Weg durch die Stadt, bis hin zu meinem Hotel. Es war eine Art Hybrid aus altem georgianischen Gebäude und einem modernen, glasigen Anbau. Auf meinem Weg hierhin bewunderte ich alte Bauten, passierte pittoreske Gassen. Diese Stadt überrumpelte mich mit ihrer Schönheit. Auch wenn es *in mir* an jenem Abend nicht so schön aussah. Denn genau das war ja auch der Grund für meine Reise.

Diese Szene der Orientierungslosigkeit bei meiner Ankunft war ein wunderbares Symbol für mein Lebensgefühl. Nur hat mein Leben keinen Stadtplan und ich irre wie ein kaputter Satellit, der unlängst seine Umlaufbahn verloren hat, durchs All.

Für fünf Tage würde ich hier in Edinburgh bleiben, um dann für mehrere Wochen, wer weiß, vielleicht auch Monate, auf eine kleine Hebrideninsel überzusetzen.

Ich dachte, etwas Luft tut mir gut und das Meer mochte ich schon immer. Denn, egal wo ich auf dieser Welt bin: Das Meer ruft ein heimatliches Gefühl in mir hervor.

Genauso wie das Nordische, ist das Meer ein Indiz für meine Heimat, wie ein Initialreiz, auf den ich immer anspringe. Und das ist der Grund für mich, mich dieser *normalen*, schnelllebigen, verrückten Welt zu entziehen. Wenigstens einmal spüren, dass es einen Ort gibt, an dem die Uhren anders laufen, als in dieser ausnahmslos globalisierten und kapitalistischen Welt.

Natürlich bin ich nicht so naiv zu glauben, dass *Dearinish* sich jeglicher Globalisierung entziehen kann. Doch hoffe ich einfach, das Leben dort in einer ursprünglicheren Form wiederzufinden. Noch nicht so mitgerissen von der Eile der restlichen Welt.

Denn das Leben fühlt sich wie ein Zeitraffer an. Alles zieht an mir vorbei. Oder viel schlimmer: *Jeder* zieht an mir vorbei. Alle Leute in meinem Alter haben blendende Aussichten, Perspektiven für die Zukunft. Doch nicht ich. Ich stehe zwischen den Welten, bin also in keiner so wirklich. Brauche eine Richtung, brauche einen Kompass. Nun gut, vielleicht habe ich ja sogar einen, doch der ist wohl irgendwie Schrott.

Und andererseits, wenn ich ehrlich zu mir bin: Diese Reise sollte eigentlich der Anfang eines neuen Lebens sein. Sozusagen die *Reset*-Taste des Daseins. Doch viel eher ist sie nur eine Flucht vor meinem alten. Ich bin ein Studierender, der nicht wirklich studiert. Ich bin ein Lebender, der nicht wirklich lebt.

Und jetzt sitze ich hier in meinem komfortablen Hotelzimmer, schreibe diese Worte, das schottische Fernsehen ist eingeschaltet, gelegentliche Gespräche aus dem Nebenzimmer sind zu hören. Niemand, den ich erreichen will, ist erreichbar.

Als ich da draußen war, habe ich das alles nicht gespürt, ich war nur *alleine* unterwegs, aber jetzt bin ich *einsam*. Keine Schönheit einer Stadt, kein Luxus eines Zimmers kann dich vor dem Gefühl des Heimwehs bewahren.

Denn Schönheit ist Oberfläche, Gefühl ist Innenleben.

Auch wenn ich müde bin, raffe ich mich auf und zwinge mich, noch einen kleinen Spaziergang zu machen. Was ich zuvor nur beim Vorbeigehen sah, kann ich noch einmal genauer betrachten und mich damit ablenken.

Mein Hotel liegt nah am mittelalterlichen Stadtkern. Und ich muss Ihnen sagen, es sieht hier aus wie im Märchen. Oder wie in Harry Potter. Der erste Teil der Buchreihe wurde übrigens auch hier geschrieben.

Diese Stadt ist durchsetzt von unzähligen dunklen Gassen und Alkoven, die allesamt *Close* genannt werden. Die heißen dann *Fisher's Close* oder *Advocate's Close* oder so. Auf irgendeine Weise gemütlich und doch geheimnisvoll.

Und trotz dieser Gemütlichkeit ist alles total belebt. Vielleicht nicht so belebt wie es hier wohl noch im letzten Monat war, denn im August wird Edinburgh, so hörte ich, zur überrannten Stadt, überrannt von Festivalbesuchern. Dennoch ist es stets belebt genug für Abende der Geselligkeit. Die Pubdichte Edinburghs ist auch sehr hoch. An jeder Ecke kann man verharren und trinken, das Flair genießen. Dieser Stadtteil ist durch und durch verwinkelt und manche Straßen verlaufen sogar orthogonal übereinander. Ist schon schön hier, eigentlich verdammt schön. Nein, jetzt echt. Die

Stadt ist ziemlich hübsch.

Mein Heimweh verfliegt nach einiger Zeit etwas. Vielleicht weil es mir so vorkommt, als wenn jemand mit mir hier wäre. Ich staune in mich hinein, murmele Worte der Architekturbewunderung und führe so manches Selbstgespräch. Ich selbst verstehe mich halt immer noch am besten.

Und auch, wenn ich heute Abend nicht mehr zur Frohnatur werde, was ich sowieso noch nie wirklich war, kann ich mich in einen passablen Zustand versetzen, mich beruhigen und Kontakt nach Zuhause vermeiden. Viele empfehlen bei Heimweh das Gegenteil, doch bei mir macht es alles nur schlimmer.

Ich bin angekommen. Mein Körper zumindest. Mein Geist braucht noch ein bisschen.

Es ist an der Zeit, meiner Müdigkeit nachzugeben und mich in meinem viel zu großen Doppelbett schlafen zu legen. Gute Nacht.

kapitel 3 - schlafen

Ich bin aufgewacht, um wieder einzuschlafen.
Und das mindestens dreimal. Ich wachte auf,
schlief ein, wachte auf, schlief wieder ein,
wachte auf und schlief erneut. Und dann war es
15 Uhr. Schade, das Frühstück hab' ich verpasst. Hätte selbst das Mittagessen verpasst,
wenn es eins gegeben hätte. Ich schlief, als
wenn ich es ewig nicht getan hätte.
Habe eine Menge geträumt, wobei mich nur

wundert, dass ich von so vielen komischen Leuten geträumt habe. Man fragt sich, was einem das Unterbewusstsein sagen will, wenn man von Lehrern aus der 8. Klasse träumt oder meinetwegen von einer Kindergartenliebe, als die Welt noch so unbeschadet war. Manchmal, da zieht das Gehirn Menschen einfach an die Oberfläche und macht sie zu den Protagonisten deiner Träume.

Ich lag in weißen Laken, blickte an die ebenso weiße Decke und war mir das erste Mal darüber im Klaren, wo ich mich befand: Edinburgh. Die Hauptstadt und der kulturelle und touristische Mittelpunkt Schottlands. Der Austragungsort des *Edinburgh Military Tattoo*. Der Geburtsort von Sean Connery (oder sollte ich doch lieber *James Bond* sagen?), den bekannten Schriftstellern Sir Arthur Conan Doyle (*Sherlock* Holmes) und Robert Louis Stevenson (*Dr. Jekyll & Mr. Hyde, Die Schatzinsel*) und auch die Geburtsstadt von Tony Blair, dem britischen Ex-Premierminister. Mehr fiel mir nicht ein.

Der erste Morgen ist immer besser als der Abend zuvor. Er ist der Neustart im Ankommen. Auch, wenn ich das Frühstücksbuffet, auf das ich mich eigentlich schon gefreut hatte, verpasste: Es war ein schöner Morgen. Naja, Mittag. Also, eigentlich Nachmittag.

Mein Weg aus dem Bett war mühsam, aber erfolgreich. Eine Dusche später entschloss ich mich dann, meine Lungen mit frischer Luft zu beschenken. Und langsam machte sich mein Magen bemerkbar. Da stand ich also draußen, nicht sonderlich orientierter als noch am Abend zuvor und nahm den erstbesten Laden, um ihn nach Essbarem zu durchforsten. Ich begang den furchtbaren Fehler, mit Hunger einzukaufen. Mit fast schon weichen Beinen stand ich also in diesem Tesco-*Express* und musste mich dermaßen zurückhalten. Letztendlich habe ich dann für acht Pfund Sandwiches gekauft. Mit Bacon! Wie zauberhaft! Man sollte jede Speise mit Bacon verzieren.

Der (etwa mir gleichaltrige) Verkäufer wollte mir dann noch irgend so ein dämliches Angebot andrehen, ich lehnte natürlich ab. Ich würde sparen, meinte er. Vor allem wollte ich aber Aufwand sparen und nur wieder raus aus diesem bedrückenden Umfeld.

Die meisten Läden waren von außen mit blauen oder roten Holzstreben verkleidet. Allesamt Läden, in denen man für Kleinigkeiten, die es vermutlich nicht mal wert sind, viel Geld lassen kann. Souvenirs, Kaschmir, Toffee oder drei ganzjährig geöffnete Weihnachtsgeschäfte. Anschaulich, aber irgendwie doch überflüssig. Eine besondere Ader für Kitsch eben.

Dann betrat ich die legendäre Royal Mile. Die Hauptstraße Edinburghs. Ja, man könnte schon fast sagen, dass es die Hauptstraße Schottlands ist. Und wenn man Edinburgh auf eine Straße reduzieren könnte, dann auf diese. Sie verläuft vom Castle abwärts, bis zum schottischen Parlament, das irgendwie aussieht wie eine Kreuzung aus futuristischer Architektur und einem Kindergarten-Kunstprojekt.

Ich muss sagen, die Stadt hat am Tag eine andere Schönheit. Sie zeigt sich im Licht viel offener aber auch kühler. Ich bevorzuge sie im Dunkeln, denn die Dunkelheit erweckt sie zum Leben, macht sie geheimnisvoll. All die Tiefe, die ich ihr gestern abgewinnen konnte, hatte sie durch die Dunkelheit.

Diese Stadt, um die sich so viele Mythen ranken. Sei es die Erzählung „*Dr. Jekyll & Mr. Hyde*" oder unzählige Geistergeschichten, die alle in Edinburghs Unterwelt oder im Castle spuken sollen. Ein kopfloser Trommler, der Geist eines Dudelsackspielers oder die Geister von Burke & Hare, die 1828 in einer Mordreihe 17 Menschen umbrachten. Oder die Tatsache, dass früher die Leichen von den Friedhöfen geklaut wurden, um sie an die medizinische Fakultät zu verkaufen.

Diese Stadt ist genau die richtige, um schaurige Geschichten zu beheimaten.

Die Menschenmassen der Royal Mile erschlugen mich dermaßen schnell, das können Sie sich gar nicht vorstellen. Nichts als überfüllte Bushaltestellen, Menschenströme und Reisegruppen. Ich ergab mich letztlich dem Drang, zurück ins Hotel zu gehen.

Nicht, dass ich eine Agoraphobie hätte, oder wie man das nennt. Aber ich kann nicht so richtig mit vielen Menschen umgehen. Ich bin kein Menschenfeind oder Misanthrop, vielleicht eher ein wenig menschenscheu. Ich fühle mich schnell beengt, brauche meine Freiheit. Und dennoch brauche ich meinen kleinen Kreis an Menschen ungemein. Das sind dann immer so fünf bis zehn Personen.

Aber im Moment... Ich habe meine etwas verrückte Familie und ein paar Freunde, von denen ich nicht weiß, ob ich sie überhaupt behalten will. Lieber falsche Freunde als gar keine oder lieber keine Freunde als die falschen?

Ich bin Single.

Ob freiwillig oder nicht, das ist von Tag zu Tag verschieden. Ich habe zwar ein paar Beziehungen hinter mir, aber nie war etwas dabei, das mich durch und durch, auf lange Zeit, erfüllte.

Und seitdem jage ich den Produkten meiner Nostalgie hinterher. Mein Herz fixiert sich auf jemand Vergangenen, projiziert Wünsche auf *diese Eine* und lässt mich glauben: Sie war damals die Richtige. Ich rede mir ein, vor langer Zeit etwas gefunden zu haben, etwas Einzigartiges. Ich bin verliebt in die Abwesenheit, verliebt in jemanden, den ich noch nicht kenne, in ein Mädchen, das ich noch nicht getroffen habe.

Es macht meine jetzigen Stunden angenehmer, wenn ich mir sagen kann, dass ich lediglich an einer bestimmten Stelle falsch abgebogen bin, mich von meinem ewigen Glück entfernt habe.

An manchen Tagen gibt es nichts Schöneres, als in alten Erinnerungen zu schwelgen. Sich vorzustellen, wie eine bestimmte Person war, als man noch um ihre Gunst kämpfte, wie man sich zum Affen gemacht hat, nur für ein wenig Aufmerksamkeit und Zuneigung.

Ich hab da mal etwas falsch gemacht. Traurig, aber wahr und nicht wieder rückgängig zu machen. Diese Sätze nehmen mir die Verantwortung ab (sind obendrein fatalistisch) und sind mir ein Vorwand, mich nicht mehr bemühen zu müssen. Mir ist oft ein Songtext im Ohr, der etwas besagt wie: *Ich entschuldige mich für all das, was ich hätte machen sollen.*

Was wäre doch gewesen, wenn ich es gemacht hätte, wenn ich es noch mehr versucht hätte, wenn ich es richtig gemacht hätte?

Ich glaube, das fragen wir uns alle, wenn wir

mit etwas nicht ganz glücklich sind. Und das Einzige, das unser Bedauern brechen kann, ist, dass wir es besser machen. „All' unsere negativen Erfahrungen können nur durch positive Erfahrungen aufgewogen werden." Das sagte mir ein Freund neulich. Da ist bestimmt was dran. Die einzige Möglichkeit eine traumatische Erfahrung zu kompensieren, sei es ein Liebestrauma, sei es sonst was, ist, ein Gleichgewicht herzustellen. Wenn mir was Schlechtes passiert ist, muss ich auf dem Gebiet etwas Gutes erfahren. So weit die Theorie. Aber davon bin ich meilenweit entfernt. Und solange das so ist, tritt an diese Stelle das stille Bedauern. Und ich genieße die nostalgischen Tage, an denen ich mich in romantische Erinnerungen vergangener Tage zurückversetze. Vergangene Tage, vergangene Stunden, vergangene Minuten.

All' diese haben gemeinsam, dass sie mir, trotz aller Enttäuschung, gut genug erscheinen, um mich von meinem *Jetzt* abzulenken.

Merken Sie auch, dass mein Gerede über das Bedauern, mit meinen 23 Jahren, viel eher von einem 80-Jährigen stammen sollte?

Wie ein Holzfäller, der seinen letzten, schlechten Schlag in einen Baum betrauert, obwohl er in seinem Leben noch tausende Schläge schlagen wird. Holzfällerhemden standen mir noch nie.

kapitel 4 – nightlife

Ich sollte mich lieber mit meiner schlechten Stimmung zurückhalten. Nachher hören Sie noch auf zu lesen, weil es selbst Sie depressiv macht. Das wollen wir doch beide nicht.

Es ist mein zweiter Tag hier.

Ich war nach dem Frühstück, welches ich heute mal nicht verpasst habe, im Holyrood Park. Ein Park, mitten in der Stadt, der sich um einen großen Berg ziert. Dem *Arthur's Seat*. Ein riesiger Haufen alten Vulkangesteins.

Der Vormittag war etwas kühler als die Tage zuvor, wenn auch die Sonne nur von wenigen Wolken gehindert wurde, zu scheinen.

Ich genoss den atemberaubenden Blick über die Stadt, aus 250 Metern Höhe. Herausstechend natürlich das Castle, unweit das Meer, in der Ferne eine alte, rote Eisenbahnbrücke aus dem 19. Jahrhundert, die Forth Bridge, die sich über die buchtartige Flussmündung Firth of Forth streckt. Beim anstrengenden Aufstieg denkt man die ganze Zeit, man sei weit weg von der Stadt, doch wenn man oben ist, merkt man: Man ist mittendrin.

Ich mag diese kühlen Morgen, wenn der Tau auf dem Gras liegt, Jogger die eigenen Wege kreuzen oder junge Eltern mit einem Kinderwagen spazieren gehen.

Und als ich oben ankam, schwitzte ich. Dafür wurde ich mit der starken Brise verwöhnt, die sich wohl öfter dort oben austobt. Die restliche Helligkeit des Tages nutzte ich dann, um ein wenig herum zu streunern.

Zum Glück denke ich nach einiger Zeit nicht mehr so viel über das Alleinsein nach. Mittlerweile ist der einzige Unterschied, der mir auffällt, dass es am Ende der Reise keine Reisebilder von einem gibt. Keine Bilder, auf denen man lässig vor Attraktionen, schönen Ausblicken oder atmosphärischen Naturbeschaffenheiten posiert.

Heute Abend wird es endlich mal Zeit sein, Edinburgh (Aussprache: *Edinbrah* oder *Edinberra*, wie ich lernte) bei Nacht zu erkunden. Ich bin kein Partylöwe, dafür aber eine Nachteule.

Ich habe reichlich gegessen, ziehe meine Schuhe und meine braune Lederjacke über und verlasse mein mild beleuchtetes Hotelzimmer.

Auf meinem Weg hinaus grüße ich den netten Rezeptionisten, der mich ein bisschen an den Bassisten der *Red Hot Chili Peppers* erinnert, lasse einer Dame an der Tür den Vortritt und lächle jeden Passanten an, der mir in die Quere kommt. Heute Nacht ist niemand vor meiner erstaunlich guten Laune sicher.

Dass ich alleine unterwegs bin, ist kein Grund, um keinen Spaß zu haben. Diese Art, wie ich die dämmrigen Gassen herabgehe, ruft in mir ein fantastisches Gefühl hervor, auch wenn ich mich ein bisschen wie *Jack the Ripper* fühle. Wenn ich mich lässig fühle, dann lässt das mein, von Natur aus niedriges Selbstbewusstsein explodieren.

Abends ist auf der Royal Mile immer noch viel los, aber angenehm viel. Ich gehe also Richtung Castle, biege aber nach links, lasse es also auf der rechten Seite liegen. Die Victoria Street ist eine meiner Lieblingsstraßen. Sie besteht aus kleinen bunten Läden, ist eine einzige Kurve und sehr abfällig.

Und auch wenn es hier super schön ist, spüre ich doch, dass die Stadt mehr ist, als diese schöne, aber einseitige touristische Fassade. In den nächsten Tagen werde ich nach abgelegeneneren Ecken suchen. Aber jetzt ist der erste Pub angesagt, direkt unterhalb der Victoria Street am Grassmarket. Die Namen der Pubs sind allesamt kreativ, wie die der *Filling Station* oder *The World's End.* So auch dieser Pub: *The Last Drop.* Der letzte Tropfen.

Der Türsteher fragt mich nach meinem Ausweis. Sehe ich mit meinem erwachsenen Bart nicht alt genug aus? Sie müssen wissen, eigentlich schätzen mich die Leute immer sogar weit älter, als ich bin.

Ich bin drin. Es ist voll und laut. Viele junge Leute essen, unterhalten sich. Es dauert einen Moment, bis ich mich zum Tresen vorarbeiten kann und bestelle ein Lager.

Selbst die Bedienung hat Probleme mich zu verstehen, was nicht schlimm ist, denn ich verstehe ebenfalls kein einziges Wort, von dem was sie mir danach sagt. Wird schon nicht so wichtig gewesen sein.

Ich lehne mich an eine Backsteinsäule, die durch den Raum ragt. Ich schlürfe nach und nach mein starkes, helles Bier und irgendwie bekomme ich das Gefühl, dass ich mir etwas anderes suchen sollte. Man kann zumindest gelegentlich jemanden anlächeln, aber es ist einfach zu voll, um sich hier nicht allein zu fühlen. Ich brauche etwas, wo auch *einsame Wölfe* absteigen können und sich wohl fühlen. Ich lasse keinen Tropfen verkommen, gehe aber relativ schnell und bestimmt wieder hinaus. Die Royal Mile ist lang und voller Lokale. Irgendwas wird sich finden. Da bin ich mir sicher.

kapitel 5 - frédéric

Kein Pub ist menschenleer. Ich muss bis zum Ende der Royal Mile gehen, fast am schottischen Parlament bin ich, als ich ein kleines anheimelndes Lokal finde: die *Tolbooth Tavern*. Es scheint bis jetzt das schönste zu sein. Und nicht von Menschenmengen überfüllt. Jackpot! Lediglich ein paar Menschen lassen sich durch die matten, alten Fenster erkennen und einen Türsteher gibt es auch nicht.

So hatte ich mir das vorgestellt: eine idyllische Stimmung, Gemütlichkeit, wohin man blickt, ein paar Menschen (schätzungsweise 20-30) unterhalten sich kultiviert. Zwar ist überall Teppich und die roten Polster sehen auch ein wenig süffig aus, aber irgendwie scheint es, als müsste es so sein. Und die Komplettierung: ein verwegener Singer-Songwriter haucht seine selbstgeschriebenen Songs ins Mikro und bedankt sich nach jedem Lied für den kläglichen Applaus. Klingt ein bisschen traurig, zerstört hier aber immerhin nicht die Stimmung.

Ich setze mich direkt an die Theke, auf einen Barhocker, neben mir beide Plätze frei, und steigere mich: Ein Ale und einen Whisky.

Ein dreiviertel Glas später (in Pubs macht diese Zeitrechnung Sinn, auch wenn sie von Trinker zu Trinker verschieden ist) öffnet sich die Tür.

Ein Mann mit braunen, langen, lockigen Haaren und Bart steht im Eingang. Er scheint fast Ähnlichkeit mit mir zu haben, auch wenn meine Haare nicht lang sind. Und deutlich älter scheint er auch zu sein. Über vierzig. Gepflegt ist er, doch ich schätze mich als ein wenig dünner ein, was nicht heißt, dass er dick ist aber... dick*er*.

Er trägt einen offenen, nachtblauen Mantel, darunter einen noch dunkleren Pullover, was ein bisschen warm für diese Jahreszeit ist.

Trotzdem scheint er Stil zu haben, das verraten seine schlank geschnittene Stoffhose und seine mattbraunen Lederschuhe.

Sein Gang zum Tresen ist nicht makellos, denn sein Körper schwankt in alle Richtungen.

Na toll, da habe ich gerade mein stilles Glück in diesem Pub gefunden und schon kommt so ein stilvoller Tölpel rein.

Er setzt sich direkt neben mich und sein Atem verrät den Verlauf seines vorigen Abends.

„Ein' Gin-Tonic bekomm' ich, alright?", eine klare Anweisung seinerseits. Interessant ist, dass in seiner Sprache ein starker Akzent schwebt. Aber welcher, das weiß ich noch nicht. Ich hoffe, er fällt nicht gleich bewusstlos vom Stuhl, denn dann erfahre ich seine Herkunft nicht mehr.

Dann ist der Gin-Tonic bereit für seine Reise in den fremden Körper. Es wird aber wohl viel eher ein Familientreffen dort unten werden.

„Merciii und Dankeee!", lallt er.

Ein Franzose! Das hätte ich jetzt auch an dem *Danke* erkannt, das *Merci* hätte es nicht gebraucht. Er nuschelt noch mehr vor sich hin. Ganz klar ist er nun wirklich nicht mehr, denn sein Blick tendiert ins Leere. Er schaut an die Decke, drückt kurz seine Augen zu, wie ein Kind, das etwas Saures isst, um dann seinen Kopf wieder zu senken, um etwas nach vorne

zu murmeln, was anscheinend an mich adressiert ist: „Ich hab's gesehen...den Abgrund...das Leben danach...Und es ist nicht schön..."
Wird das jetzt ein epischer Monolog?
„All' dieser Dreck von Leuten, die kurz tot waren...'Oh, ich habe das Licht gesehen!'... Damn Bullshit..."
Wie kommt er überhaupt auf das Thema?
„Es ist grau...es ist leblos...und du wirst verfolgt...ist wie ein großer Wald..."
„Was meinen Sie?", will ich wissen. Er scheint zu hören, dass ich ihm nicht glaube.
„Ach, scheiß auf das...", seine Sprachkenntnisse sind nicht perfekt, erwähnte ich das? Zumindest nicht in diesem Zustand.
Mal überlegen. Ein Wald? Ist das eine Lyrik, ein bestimmter Duktus, der seinem Hirn entsprungen ist? Es klingt nach einer romantischen Metapher, aber nach keiner wirklich realistischen. Wie könnte eine andere Dimension, wenn es sie denn überhaupt gibt, so irdisch sein, wie ein Wald? Gut, vielleicht ist das ja wirklich die Strafe: Ewig in dieser Weltlichkeit gefangen zu sein, nicht entlassen zu werden. Natürlich ist unser Verständnis von *Dimensionen* total auf Sparflamme. Alles von Raum und Zeit Abweichende können wir nicht verstehen. Dabei ist doch die Frage, ob das überhaupt nötig ist. Was bringt uns diese Vorstellung von

einer anderen Dimension in der jetzigen?

„Oder die verfluchte Liebe…", sagt er.

Was hat ein dunkler Wald jetzt mit Liebe zu tun? Klär mich auf, Franzose!

„Was ist mit Liebe?", frage ich nach.

„Wir Männer…schwanken doch immer zwischen der Ex und der Zukünf… Zukünftigen… nostalgisch und erfüllt mit Hoffnung zugleich… schwanken zwischen unserem Verlust und unserem Traum… immer zwischen beiden Abwesenden…", wie kann aus so Jemandem, in so einem Zustand, so etwas rauskommen? Das war philosophisch und intelligent zugleich, was nicht immer dasselbe ist.

Ich stoße ein leises „Wow" aus.

Er fährt fort: „…und weißt du…nach meiner Erfahrung kann eine Beziehung nicht gut gehen…während der eine leidet.. oh damn, er leidet…währenddessen langweilt sich der Andere… aber huh…", er stößt auf.

„Da hab ich noch nicht so viel drüber nachgedacht", versuche ich klar zu machen.

„….Weißt du, du darfst keine Mädchen treffen, die sich viel vorstellen oder wünschen…die sind sowas von unbeglückbar…", sein Französisch sticht hindurch.

Dann guckt er mich an und sagt:

„…You know what? Ich warte auf den Weltuntergang, um nicht alleine sterben zu müssen...", wobei ich mich frage, wie lange er wohl warten muss.

Da haut dieser Franzose einen Aphorismus nach dem anderen raus. Aber bei aller Liebe für Nachdenklichkeit, stört mich seine Aufdringlichkeit mittlerweile, und ebenso seine Gestik, die mich bei jedem Satz betatscht.

„Ich bin Frédéric."

„Adrian", sage ich, erwidere seine ausgestreckte Hand und versuche zu lächeln. Er lacht (und haucht) mir dabei volle Kanne ins Gesicht. „Ich bin Schriftsteller... uuund Hedonist...!", sagt er, steht auf, taumelt in den hinteren Teil des Pubs, um ein paar junge Schottinnen für sich zu gewinnen.

Trotz seiner Äußerungen, die ich wahrscheinlich noch eine Weile behalten werde, bin ich froh, dass er weg ist, denn ich will eigentlich meine Ruhe haben.

Ich leere meine Gläser, zahle und verbringe den Rest des Abends in anderen Pubs.

Wollte ich mich nicht eigentlich um fröhlichere Stimmung bemühen? Weltuntergänge, dunkle Wälder und dann noch Liebe. Das kann doch nicht sein!

kapitel 6 – im café

Ich hab' nen Kater. Und was für einen.

Immer, wenn man einen hat, dann wacht man früh auf. Es ist viertel vor acht. Das ist echt abnormal für mich.

Aber es tröstet, zu wissen, da hat einer noch mehr Alkohol loszuwerden: Frédéric.

Denn wirklich betrunken war ich ja nicht, nur angetrunken.

Das Problem ist: Ich habe einige Tage, muss sogar schon eine Woche gewesen sein, ohne Alkohol ausgehalten. Und jetzt kann ich mich nicht mehr zurückhalten. Wo fängt eigentlich die Grenze zum Alkoholiker an?

Aber hey, sollen doch alle froh sein: Ich spritze mir weder Heroin, noch kokse ich. Teste keine Opiate aus und bin nicht methsüchtig. Was soll man mir denn dann noch ankreiden?

Na gut, manchmal kiffe ich, aber der Alkohol ist viel zerstörerischer für mich. Ich würde so weit gehen und sagen: der Alkohol baut eine Mauer um mich auf, das passiert mir beim Kiffen nicht. Deswegen wird man beim Trinken ja auch *breit* und beim Kiffen *high*. Das Schlimmste beim Kiffen ist eigentlich das Rauchen. Okay, man kann sich mit Gras auf Dauer sein Hirn verkleinern. Trotzdem: Die Dosis macht das Gift. Oder glauben Sie, dass es Ihnen mit 100 oder 200 Gramm Salz im Körper besser ginge?

Ich kann diese Mentalität nicht ab, dass man meint, mich vor mir selbst beschützen zu müssen. Gehört die Selbstzerstörung nicht auch zur Selbstbestimmung?

So mögen die Reaktionären mich nun teeren und federn! Sind Sie reaktionär? Womöglich ja? Na, dann los!

Ich brauche Ruhe. Aber mein Hotelzimmer geht

mir ebenso auf den Keks. Gibt es nicht selbst in einer Großstadt Orte der Ruhe?

Friedhöfe? Naja, da hören womöglich noch viele zu und keiner antwortet.

Parkbänke? Da hört zwar nur einer zu, der will aber weiterschlafen.

Ganz egal, ich gehe drauf los. Nach dem Frühstück, versteht sich. Überhaupt schon wer da?

Schnell werde ich überzeugt: Ja, und ob! Ich vergaß die Senioren. Das muss irgendwie ein chronisches Gesetz oder so sein. Also, dass man ab seinem 65. oder 70. Geburtstag um 7 Uhr morgens aufwacht. Da schlafe ich normalerweise meist erst seit drei oder vier Stunden. Und das Frühstück hier habe ich immer auf den letzten Drücker besucht. Aber zum Glück sind die meisten Rentner friedliebend.

Heute fällt meine erste Mahlzeit eher asketisch aus, ein paar Früchte und Milch.

Ich habe so manch Positives von der *New Town* gehört. Ein Stadtgebiet, das sich komplett von der *Old Town* abhebt und damals, im 18. Jahrhundert, für die reichen Schichten errichtet wurde. Wenn ich dahin will, muss ich aber durch den Touristenrummel der Old Town. Augen zu und durch. Gesagt, getan.

Jacke überziehen, ist wieder etwas kühl heute morgen, und sich durch die Reisegruppen und die Trauben, die sich um die Straßenkünstler pferchen, kämpfen. Wieso muss das touristische Programm denn auch so früh losgehen? Wer sich im Drang, nichts verpassen zu wollen, verliert, verpasst alles. Wie früh muss man denn aufstehen, damit die Stadt noch schläft, wenn man rausgeht?

Das mit den asiatischen Touristen ist ja ein Klischee. Aber wie will man ein Klischee bekämpfen, wenn man zugeben muss, dass es stimmt?

Wenn ich so früh morgens meine Ruhe haben will, dann fühlen sich laute und freche Menschen wie Parasiten an. Und ich bin der Spielverderber, der dieses Spiel der Penetranz nicht mitspielt.

Ich stehe jetzt auf der Princes Street, sie trennt die Old und die New Town. Hier bin ich vor drei Nächten angekommen. Seitdem nehme ich mich vor jedem Bürgersteig, Absatz und Steinsockel in Acht.

Von hier aus entscheide ich mich für die, von der Princes Street ausgehende, Hanover Street. Nach ihr wechsle ich in die Parallelstraße, die Howe Street. Gerade war ich noch von den old-town'schen verwinkelten und verspielten Straßenstrukturen verwöhnt, schon werde ich hier von der Liebe für Symmetrie und Ordnung überrascht. Doch mag ich ja auch irgendwie das

Chaos. Es gleicht dem Chaos in mir.

Erst als ich über die Lowe Street hinaus bin, abbiege, und auf den Fluss *Water of Leith* (der Fluss, der ins Hafenviertel Leith führt) treffe, suche ich mir ein schickes Café aus.

Die Straße ist eng, die Häuser drei- oder vierstöckig. Trotzdem kommt gerade die Sonne raus und trifft auch die Außenstühle des *Royal Terrace Café*. Ich hole mir von drinnen einen Kaffee von der netten Bedienung. Ich versuche sie so charismatisch und sympathisch, wie ich es nur kann, anzulächeln. Sie lächelt zurück, aber nicht so, als wäre ich anders als jeder andere Kunde. Schade eigentlich. Sah ganz gut aus. Dann setze ich mich nach draußen, bin einer der Einzigen im Café, muss dafür aber erst meinen Stuhl abwischen, letzte Nacht hat es geregnet. Dafür ist der Morgen umso klarer und frischer.

Hier ist es schon etwas vorstädtischer und durch und durch georgianisch, wenn auch immer noch kosmopolitisch. Halt etwas gediegener und aufgeräumter. An manchen Stellen aber auch altmodisch.

Ich merkte das vor wenigen Momenten an einem Schild einer Pension:

ROYAL LOTHIAN Bed & Breakfast:
- ab 35 £ pro Nacht

- Einzelzimmer/Doppelzimmer/Familienzimmer
- inkl. Frühstück
- Farbfernsehen

Als ich das sah, war das so altmodisch, dass es mir schon wieder auf irgendeine Weise futuristisch vorkam. Denn während in der Tram freies Internet Standard ist, ist Farbfernsehen hier wohl doch noch nicht so sehr angekommen, wie ich es dachte.

Viel eher könnte ich mir aber auch vorstellen, dass die Besitzer in den 80ern verstorben sind, von da an die Zeit anhielt, und seitdem niemand mehr im B&B war. Müssten das aber die Nachbarn nicht mitbekommen haben oder zumindest irgendwann riechen? Wie auch immer.

Im Café muss ich an Frédéric denken. Wie ich es vermutet hatte, halten mich seine Äußerungen am Denken. Wie hoch war die Chance, dass ein sturzbetrunkener Intellektueller in einen Pub hereinschneit, einen zwar mit seiner Zudringlichkeit belästigt, aber auch gleichzeitig Weisheiten von sich gibt, die man sein Leben lang nicht vergessen wird?

Die Sonnenstrahlen reizen meine müden und empfindlichen Augen.

Dass wir alleine geboren werden und auch alleine sterben, das ist ein bekannter Spruch.

Naiv gesagt, macht es doch Sinn, dem zu

entgehen, indem man auf den Weltuntergang wartet. Es würde mich beruhigen, zu wissen, dass alle sterben, wenn ich es auch tue.

Obwohl dann niemand um mich trauern könnte. Da kommt der alte Egoist in mir hervor. Zu viele Menschen sehen das Trauern um die eigene Person, das man sich vor seinem Tod wünscht, als Ehrung an. Das ist doch *menschenwürdiges* Sterben, wenn wer trauert, sagen sie. Doch vergisst man dabei nicht den Schmerz der Anderen? Wäre es nicht viel schöner, zu wissen, dass niemand leiden muss, wenn man ins Gras beißt?

Aber nein, wir Menschen brauchen selbst nach dem Tod diese Bestätigung. Die Bestätigung dafür, dass man geliebt wurde. Unsere Trauerkultur macht mich sowieso depressiv.

Ich gebe es ja zu, ich selbst frage mich auch manchmal, wer denn genau an meinem Grab heulen würde. Wobei die meisten mir dabei egal wären, es kommt eigentlich nur auf ganz wenige Wichtige an.

Das Stimmungsbarometer schlägt aus!

ADRIAN, BEMÜH' DICH UM LUSTIGE THEMEN!

Mein Gewissen kämpft gegen mich an. Aber ich erlaube es mir, noch einen winzigen Moment in dieser Nachdenklichkeit zu verharren. Was hat Frédéric denn noch so von sich gegeben? Sind Mädchen mit einer regen Fantasie schwer zu erfreuen? Wenn ja, dann ist das vermutlich bei Männern nicht anders. Wer sich viel vorstellt, kann leicht enttäuscht werden. Wir projizieren ja auf und ab, Tag und Nacht. Und was? Unsere Träume und Wünsche. Das heißt, der Partner ist die Leinwand, wir der Beamer mit seiner Traumvorstellung. Da ist es doch klar, dass unser Gegenüber nie den Erwartungen gerecht wird. Das ist zumindest bei Verliebtheit so. Und wenn die Verliebtheit dann weg ist, dann merken wir, dass dieses Gegenüber ja ganz anders ist. Die Verblendung hört auf und wir erkennen die Unebenheiten der Leinwand und wie glatt doch unser Ideal ist. So glatt, wie kein Mensch sein kann. Dabei fühlt sich Verblendung ja manchmal echt schön an.

Erst kommt die (Selbst-)Täuschung, dann die Enttäuschung. Das ist vielleicht ja auch der Grund dafür, dass wir immer zwischen Ex und Zukünftiger/m hängen. Sie sind Ideale. (Was für eine Überleitung!)

Gestern und Morgen lässt sich sehr leicht idealisieren. Was aber jetzt ist, ist selten perfekt, wir wünschen uns aber ein *Perfekt*.

„Damals war es so schön…"

„Wenn ich erst mal meine Liebe gefunden habe, dann…!"

Das hilft doch keinem weiter. Keiner sollte in Abwesenheit leben. Und doch tun wir es wieder und wieder und so wirklich kann ich es niemandem übel nehmen.

Mein Kaffebecher ist leer.

Übermorgen früh geht es nach *Dearinish*. Damit habe ich mich, seitdem ich hier bin, noch gar nicht beschäftigt. Aber wer sagt denn auch, dass ich das muss?

Es ist eine kleine Insel der inneren Hebriden. Alles ist gebucht, Tickets dabei. Organisatorisch gibt es da nun wirklich nichts mehr zu machen. Ich wollte doch sowieso nicht mehr in der Abwesenheit, im Morgen oder Gestern leben. Also habe ich jetzt das Recht, zu gehen oder mir gar noch einen Kaffee oder sogar ein Stück Kuchen zu holen, um die Bedienung dabei nochmals hoffnungsvoll anzulächeln.

kapitel 7 - tischgespräche

Der vierte und letzte vollständige Tag.

Als ich heute Morgen hinausgehe, liegt mir der *Auld Reekie* in der Nase. Das ist der Duft Edinburghs. Ein leicht süßlicher Geruch, den man bei günstigem Wind riecht. Erinnert irgendwie an Reiswaffeln. Es ist der Hopfen aus den Brauereien. Und wann immer meine Sinneszellen zukünftig diesen Geruch erfassen werden, werde ich an diese Stadt, an die Gefühle jener Tage denken, die ich gerade verspüre.

Allmählich machen sich mir die Vorteile des Alleinreisens klar. Man erlebt Dinge, die man selten zu zweit erleben würde. Die Schwelle zwischen mir und anderen Menschen ist viel geringer. Wenn man allein ist, dann ist man darauf angewiesen, mit Fremden zu kommunizieren. Alles wirkt auch intensiver. Nun ja, mit keinem kann ich meine Reiseerfahrungen teilen, doch es reizt auch, zu wissen, dass ich, wann immer man mich nach dieser Reise fragen wird, stumm in mich hinein schmunzeln werde, weil ich das Monopol darauf habe, zu wissen, wie es sich angefühlt hat, hier gewesen zu sein.

Meist ist eine Reise auch eine innere Reise, die ich antrete. Ich möchte mich spüren, mich messen, mich auf die Probe stellen.

In meinem Lieblingsfilm heißt es, dass es nicht unbedingt wichtig im Leben ist, stark zu sein. Viel wichtiger sei es, sich stark zu *fühlen*. Dass jeder mindestens einmal an seine Grenzen gehen soll.[1] Ich fühle mich stark. Und gebrechlich.

Ich bin ein gebrechlicher Halbstarker.

Verstehen Sie, das Verhältnis zu mir selbst ist etwas ambivalent. Egal, wie stark ich bin oder ich mich fühle, es wird immer eine zerbrechliche Seite in mir geben.

Aus demselben Film stammt auch der Satz, dass die Zerbrechlichkeit von Kristall keine Schwäche, sondern Feinheit ist.[2] Letzte Nacht habe ich wieder getrunken. Und wieso?

Meine zerbrechliche Seite wollte gefüttert werden. Gerade weil sie so nah am Zerbrechen existiert, steht sie ständig in der Versuchung, etwas, das man sehr leicht kaputt machen kann, kaputt zu machen: Sich selbst.

Meine Reisen sind der Versuch, mich immer und immer wieder stark zu fühlen, damit aus meinem zerbrechlichen Inneren etwas Starkes erwachsen kann. Um diese Facette des Zurückziehens, des Unmuts, der Angst, des Fliehens vor dem Eigentlichen, des Verwerfens zu beseitigen. Und oft gelingt es mir. Zwar existiert das alles in mir, all dieses Negative, doch tritt es nur selten intensiv hervor. Es ist wie in *Dr. Jekyll und Mr. Hyde,* nur, dass meine „andere Seite" nicht von grundauf böse ist, sondern einfach nur schwach.

Obwohl es hier eigentlich keinen Grund gibt, so negativ zu denken. Vielleicht ist es auch nur analytisch von mir, aber solche Themen ziehen mich trotzdem runter. Ich darf hier in dieser wunderbaren Stadt sein, nun gut, fühle mich manchmal etwas einsam, aber das ist nicht der Hauptanteil meiner Gefühle. Ich bin ja auch nicht ungern allein. Ich kann damit gut umgehen, wenn denn das Umfeld stimmt.

Vielleicht sollte ich mir das immer wieder vor Augen führen: Ich sollte glücklich denken.

Ich sollte mir nicht immer wieder den Grund geben, mich innerlich zu zerstreuen.

Ich sollte mir sagen: Denk' doch so schön, wie die Stadt ist.

So würde also mein letzter Abend in dieser schottischen Metropole aussehen.

Ich bin in Leith, dem Hafenviertel, in einem Restaurant. Wieder sitze ich draußen, weil mir der Spätsommer noch einmal warme Temperaturen beschert, morgen wird es kälter und ungemütlich. Die Luft riecht noch einmal nach Sommer. Man riecht die Pflanzen, die Wärme, die Atmosphäre, während die Winterluft nichts weiter als kalt und duftlos ist. Der Himmel ist klar, die Sonne verschwimmt in der Nordsee und die paar Cirrocumuluswölkchen, die irgendwo in der hohen Stratosphäre so orange schimmern, ziehen gemächlich hinfort.

Meine Gedanken sind heute Abend offen für Poesie. Doch welche Art von Poesie ich meinem Essen, meinem Bier und den kleinkarierten Geprächen meiner Tischnachbarn abgewinnen kann, weiß ich noch nicht. Die Stimmung gibt es aber wahrlich her. Und so sitze ich an meinem kleinen Tischchen, das von einer rotweiß-karierten Tischdecke geschützt wird, und schaue den Möwen zu, wie sie ihre Kreise ziehen. Mein Verstand ist ungetrübt und im *Hier und Jetzt* angekommen. Ich denke weder an Gestern, noch an Morgen, bin mir dennoch darüber im Klaren, dass ich meine Zelte hier nach der nächsten Nacht abbrechen muss.

Ich warte auf einen *Hickory Smoked Beef Brisket Burger*, nippe so manches Mal an meinem Glas, gefüllt mit Gebräu, wobei mir der Schaum bei jedem Schluck einen hellen Oberlippenbart verpasst.

„Du hast ihn also erwischt??", erschreckt sich eine Frau, dessen Tischgegenüber vermutlich ihre beste Freundin ist.

„Nein, ich hab das von Natalie. Sie arbeitet mit Marc zusammen. Und Stella hat es Marc wohl schon längst gebeichtet. Seitdem gehen sie sich aus dem Weg."

„Und Aaron hat dir nichts gesagt?", wieder ein fragender Ausruf.

„Nö, kein Wort." Sie bleibt ruhiger, als ihre, anscheinend nicht betroffene, Freundin.

„Was für ein Mistkerl! Ein Bastard! Wie kannst du da nur so gelassen sein?!" Sie ist nun in Rage, sodass andere Gäste unauffällig zu ihr blicken.

„Gelassen? Wirke ich denn so?"

„Jaa! Die Ruhe in Person bist du! Dein Freund betrügt dich und du stellst Fragen??" Sie schlägt leicht auf den Tisch und man hört dabei das Besteck klimpern.

„Nun ja. Ich habe vor, mich mal mit Marc in Kontakt zu setzen. Aaron wird bekommen, was er verdient. Marc soll doch umwerfend aussehen, oder nicht? Nun ja...nun ja... Oh, schicke Kette. Wo hast du die her?"

„Oh, danke! Von *Claire's* hab' ich die. Die haben da doch so bezaubernde Accessoires. Und 20% Rabatt hab' ich auch noch bekommen, super, nicht?" Sie blickt selbstherrlich und verlegen zugleich nach unten.

Ich stelle mir vor, wie ich die Situation schon früher hätte beruhigen können. Etwa mit einem Ausruf wie „Schuhe!" oder „Meine Damen, das ist aber ein schicker Silberschmuck. Welche Legierung hat der denn?".

Manchmal trifft man auf Menschen, die sind so leicht abzulenken, wie ein kleiner Hund mit einem Leckerli. Nur, dass man einen Hund immer noch selbst ablenken muss, während sich diese Damen gerade selbst abgelenkt haben.

Das gilt natürlich für Männer genauso, hier unterscheiden sich die „Codewörter" nur meistens. Doch sollte ich aufhören mit solchen Gedanken, das könnte Stereotypen fördern!

Die Abendluft hat sich wieder beruhigt und ich

kann zu meiner gedanklichen Idylle zurückkehren. Oh, da kommt ja mein Burger.

kapitel 8 - kate
06:14 Uhr. Ich muss aufstehen. Ich muss.
Mein Flieger geht um 08:50. Ich habe zwar
schon eingecheckt, aber trotzdem will ich nicht
das Risiko eingehen, den Flug zu verpassen.
Es ist schon erstaunlich, dass es überhaupt
Direktflüge nach Dearinish gibt. Und man fliegt

über 'ne Stunde, was für einen Inlandsflug erstaunlich ist. Erstaunlich lang.

Als ich heute Morgen das Hotel verlasse, bin ich schon etwas wehmütig. Ich habe mich gerade an diesen Ort und an seine Eigenheiten gewöhnt. Und jetzt erwartet mich das genaue Gegenteil. Nichts mit Großstadt, nichts mit beeindruckenden Gebäuden, nichts mit vielen Menschen (was mir schon ein bisschen recht ist), nichts mit Nachtleben.

Nichts als Grün, Meereswogen, Grün, vereinzelte Häuser, Grün, schroffes Wetter und nochmal Grün.

Edinburgh schläft noch. Endlich erwische ich die Stadt mal dabei, denn es ist Wochenende. Es ist mittlerweile kurz vor sieben. Es hat etwas Friedliches, auch wenn mir gleich der Wind durchs Gesicht wischt. Nach wenigen Minuten hat er seinen besten Freund dazu geholt: den Regen. Nun ja, schottisches Wetter halt.

Das erste Mal auf dieser Reise hole ich meine Kopfhörer raus und lasse die Stadt zu einem Film werden, dem ich meinen Soundtrack auferlege. Zu James Morrison's *Please Don't Stop The Rain* (wie passend) beschreite ich den Weg durch die Stadt zu meiner eigentlichen Reise. Denn jetzt fühlt es sich an, als wenn die richtige Reise gerade erst anfängt. Das ist die Macht der

Musik. Sie verleiht jedem der wenigen Menschen, die ich sehe, eine gewisse Schönheit, eine Ästhetik, eine Eleganz. Als wenn sich jeder an das Drehbuch meiner Gedanken hält. Als wären sie die Spielfiguren meiner Intention.

Und während der Großteil der Stadt noch in den Laken liegt, verabschiede ich mich von dir, *Edinburgh*. Es war schön mit dir. Ich werde wiederkehren, das verspreche ich.

Um zwanzig vor acht komme ich am Flughafen an. Flughäfen haben etwas Endgültiges, finde ich. Sie sind der Mittler zweier Orte und immer, wenn ich an einen Flughafen komme, um weg zu fliegen, überkommt mich ein flaues Gefühl.

War das wirklich alles richtig, es zu buchen?

Ja, das war es. Ich nehme mir mal das Recht heraus, mir diese Frage selbst zu beantworten.

Und da ich ja sowieso schon weg von Zuhause bin, macht der Ortswechsel mir nicht mehr so viel aus.

Ich passiere direkt nach der Gepäckabgabe die Sicherheitskontrolle. In ihr fühlt sich jeder schuldig. Außer die, die es sind.

Da stehe ich also eine halbe Stunde später an der Glasfront des Passagierbereiches, um ein paar Fotos vom Vorfeld zu machen (habe da eine kleine Vorliebe für die Luftfahrt), da rempelt mich von hinten so eine tollpatschige junge Frau mit ihren Einkaufstütchen an. Meine Kamera fällt zu Boden. Erst sagt sie nur „Sorry", woraufhin sie dann bemerkt, dass ihretwegen meine Kamera zu Boden ging.

„Oh mein Gott, tut mir schrecklich leid!"

Irgendwie bin ich sauer. Also sage ich:

„Das ist doch überhaupt kein Problem. Kein Ding!" Ich Weichei.

Ich gucke ihr das erste Mal richtig ins Gesicht. Meine Güte! Da schauen mich zwei große, braune, erschrockene Augen an. Ich schätze sie leicht älter als mich, aber auch in den Zwanzigern. Sie hat lange, glatte, dunkle Haare, die sie zu einem Zopf gebunden hat. Ihre fast elbenhaften Ohren halten die restlichen Strähnen davon ab, ins Gesicht zu fallen.

„Geht sie denn noch?", fragt sie.

„Wer denn?", lautet meine Gegenfrage.

„Na.. die Kamera!" Bei hübschen Frauen fange ich immer an zu stammeln. Ich kann nicht mit ihrer Schönheit umgehen.

„Bestimmt, bestimmt", sage ich ihr. Ich hebe die Kamera auf und versuche sie anzuschalten, was von uns beiden neugierig beobachtet wird. Wider meiner Vermutung: Sie funktioniert nicht mehr. Die Kamera versucht verzweifelt das Objektiv auszufahren, was ihr aber nicht gelingt, worauf das kleine Display nur Fehlermeldungen ausstößt.

„Ohje, tut mir wirklich leid. Ich bezahl' sie Ihnen!" Ich spüre sogar, dass es ihr wirklich leid tut. Ich merke sofort, wenn Menschen es ernst meinen. Glaube ich zumindest.

„Ist schon ok", beruhige ich sie und lächle sie gelassen an (woher kann ich das?).

„Sie ist sowieso schon einige Jahre alt."

„Ist das denn wirklich ok? Wie viel hat sie gekostet? Wenn Sie wollen, gebe ich es Ihnen sofort." Wie kann man nur so nett sein?

Wir lassen uns flüchtig auf die hinter uns gelegene Bank fallen.

„Es ist alles ok, es ist nicht Ihre Schuld. Machen Sie sich keine Gedanken darum. Sie brauchen nichts zu zahlen." Wie kann man nur so nett sein?

Ich fühle mich wohl in meiner Rolle des Vergebenden, der sie beruhigen will.

„Glauben Sie echt? Aber...für den Fall, dass Sie es sich anders überlegen, gebe ich Ihnen meine Nummer." Sie holt einen Stift aus den Tiefen ihrer Handtasche.

„Haben Sie was zum Schreiben?", fragt sie.

„Hier", sage ich und weise auf mein kleines Reisetagebuch, schlage dabei die Seite auf, auf der ich stehen geblieben bin. Dort schreibt sie ihre Nummer hin.

Ich bedanke mich bei ihr. Andere Männer würden dafür grauenhaft viel baggern müssen.

Ich mag sie in ihrem weißen grobmaschigen Strickpullover. Darunter trägt sie ein dunkles Top, das hindurch schimmert.

„Wo gehts bei Ihnen hin?", würde sie gern wissen.

„Dearinish. Und bei Ihnen?"

„Ist ne Insel, oder? Ich fliege jetzt nach Bristol. Geschäftlich. Ist es Ihr Hin- oder Rückflug?"

Sie lächelt, ich erwidere.

„Hinflug. Ich komme also nicht von dort, aber auch nicht aus Edinburgh. Bin also quasi auf der Durchreise."

„Dann hoffe ich, dass es Ihnen hier gefällt. Ich komme nämlich aus *Edi*."

„Ja, sehr." Sollte ich ihr auch sagen, dass sie mir viel besser gefällt? Ein Jammer, dass ich es nicht tue.

„Ich muss jetzt leider los. Meine Nummer haben Sie. Nochmal Entschuldigung. Machen Sie's gut!", sagt sie mir.

„Ist wirklich kein Problem. Machen Sie es auch gut. Einen guten Flug!"

Ihr Lächeln wird breiter. Sie steht auf, ich reiche ihr die Einkaufstüten, die sie abgestellt hat. Sie geht ein paar Schritte, dreht sich aber dann wieder um und meint:

„Moment. Wie heißen Sie?"

Kurze Stille.

„Adrian."

„Kate."

Ich stehe auf, wir geben uns die Hand, lächeln uns immer noch wie zwei Honigkuchenpferde an, bis sie meine Hand loslässt und geht. Kurz bevor sie aus meinem Blickfeld verschwindet, dreht sie sich noch einmal um und hebt den Arm, um mir ihre Abschiedsgeste zu zeigen. Bevor ich meinen Arm heben kann, verschwindet sie aus meinen Augen und lässt mich, in die Ferne blickend, zurück. Mit einer kaputten Kamera und einem schnellen Herzen.

kapitel 9 - turbulenzen

Wie schnell kann man sich verlieben?

Und wenn man sich das fragt, ist man es dann?

Das einzige Relikt, das mir bleibt, steht in meinem Reisetagebuch, in Form einer Nummer. Und ich werde das Tagebuch hüten wie meinen Augapfel, davon können Sie ausgehen.

Zwei, drei Minuten verharrte ich noch an der Glasfront. Dann ging ich in den etwas abgelegeneren Teil des Flughafens.

Ich war, wie immer, wie es mir seit meiner Kindheit auferzogen wurde, zu früh. So ist das, wenn man von einer Elterngeneration aufgezogen wurde, die irgendwann zu einer Menge von Kontrollfreaks mutierte. Und wer so erzogen wurde weiß, wie er mit dem Warten und der Langeweile umzugehen hat.

Meine Kamera schien allmählich vollkommen den Geist aufgegeben zu haben. Nach einigen mehr Versuchen des Wiederbelebens gab auch die Kamera das Objektiv auf. Das Display ging zwar wieder, doch war es nur schwarz, als wenn das Objektiv nur Dunkelheit einfangen würde.

Den Rest der Reise muss ich wohl ohne Bilder auskommen. Und das müssen Sie auch. Das heißt, ihre Vorstellung ist ab jetzt von meiner Beschreibung abhängig.

Doch hat es auch Vorteile, keine funktionierende Kamera mehr zu haben. Kein Moment kann mehr durch den Sucher verfälscht werden. Wenn man Orte nur über das kleine Display sieht, dann sieht man nichts weiter als eine virtuelle Realität, aber nicht die *wirkliche*. Es gibt keine Ablenkung mehr durch die Suche nach dem perfekten Motiv. So versuche ich mir das schön zu reden.

Wenn wir Menschen, in einer Zeit wie dieser, eine neue technische Errungenschaft verlieren, dann fallen wir technisch gesehen zurück ins letzte oder vorletzte Jahrhundert. Doch vom Gefühl her werden wir wieder zu Neandertalern.

Das Warten hat ein Ende. Zeit fürs Boarding,

was ziemlich fix geht, denn ich zähle circa fünfzehn Passagiere. Der Bus fährt uns direkt zum Flugzeug. Vor einer zweimotorigen Turbo-Propeller-Maschine bleibt er stehen. Eine *DHC-6 Twin Otter*.

Und schon auf dem kurzen Weg vom Bus ins Luftgefährt spüre ich den starken Wind, der einen Flug wie in einer Achterbahn voraussagt.

Die blonde Stewardess, es ist wirklich nur eine, begrüßt jeden herzlich. Jeder hat freie Platzwahl. Ich bin einer der Ersten an Bord, der einzige Eingang ist hinten, und darf mir also einen von 19 blauen Ledersitzen aussuchen.

Die Sitze werden geteilt von einem engen Mittelgang, rechts immer zwei Sitze, links nur einer. Ich entscheide mich für einen Einzelplatz, Reihe vier.

Die Kabinendecke ziert sich mit Holzleisten und all das macht irgendwie einen 70er Jahre-Eindruck.

Die Propeller dröhnen sehr eigenwillig. Ich glaube, das ist mein neues Lieblingsgeräusch. Es ist aber nicht nur ein Geräusch, es dringt in den Körper, es dröhnt, es wummert, ein drückkender Klang.

Es ist ein kleines Kind an Bord, aber zum Glück wird es von der Maschine übertönt. Habe, wie Sie vielleicht merken, noch nicht so den Zugang zu Kindern gefunden. Wenn es mein eigenes wäre, wäre es vielleicht okay. Aber jetzt ist es nichts weiter als Nervenstrangulation.

Eigentlich liebe ich ja turbulente Flüge. Nein, jetzt wirklich. Wieso sollte man einen ruhigen Flug haben wollen? Das ist doch langweilig!

Ich liebe es, so richtig durchgeschüttelt zu werden. Ich weiß, dass mir so gut wie nichts passieren kann und ich genieße es, den Elementen ausgesetzt zu sein. Eigentlich. Aber dieser Flug ist schon ziemlich heftig.

Je kleiner das Flugzeug, desto ausgelieferter ist man. Man spürt jede kleine Böe, jede kleine Verwehung. Das ist in einem Airbus natürlich etwas anderes. Und liebe ich jeden Take-Off. Dieser Moment, in dem der Pilot jedes bisschen Leistung aus den Triebwerken bzw. den Propellern herauskitzelt. Der erste Moment des Abhebens, die Bodenhaftung zu verlieren, hinauf geweht und zum Spielball der Lüfte zu werden. Und Sie können davon ausgehen, dass Flugzeuge dieser Größenordnung wirklich Spielbälle sind. Nichts weiter als Fähnchen im Wind, das sag' ich Ihnen.

Nach so etwa fünfzehn Minuten sind die Turbulenzen dann überstanden. Der Himmel ist grau bedeckt, ab und zu tun sich ein paar Lücken auf, durch die man Ortschaften, Flüsse oder gar größere Städte erkennt. Und diese sind umso näher, da kleine Flugzeuge ja nicht so hoch steigen. Dieses vielleicht so um die zehn oder zwölftausend Fuß. Ich, als nachdenklicher Mensch, mache mich mit dem Gedanken des Reisens selbst verrückt: Ich stelle mir vor, wie viele Menschen zwischen dem Abflugort und dem Ort meiner Ankunft ihr Zuhause haben. Menschen, die ihrem ganz normalen Alltag folgen, in ihrem ganz eigenen individuellen, kleinen Kosmos leben. Ich überfliege Stirling, streife Glasgow und unzählige kleine Käffer, überfliege somit also viele tausende Menschen. Ich vergewissere mich der Distanz, der Weite, mache mir klar, was es bedeutet, solche Distanzen zu überwinden. Ja, man könnte sagen: Ich reise nicht nur von A zu B, sondern werde mir geistig darüber klar, was es heißt, eine Distanz nicht nur physisch, sondern auch emotional in so kurzer Zeit zu bewältigen. Danach ist mein Gehirn Matsch.

Und dann, irgendwann, erkennt man kein Land mehr durch die zerrissene Wolkendecke. Man ist über dem Meer, über dem Atlantik.
Aber vorher kommt noch einmal die Stewardess vorbei, serviert kostspielige Speisen. Und auch ich gönne mir eine überteuerte Coke. Ein Stück Schokolade ist sogar umsonst, da hol' mich doch der tollwütige Biber!

Hachja, die Stewardessen. Werden sie für dieses Lächeln bezahlt? Wie freiwillig machen die das? Müssen da die Mundwinkel nicht irgendwann kapitulieren?

Und trotzdem schaffen sie es, dass es sich so anfühlt, als wenn sie es bei mir wirklich ernst meinen. Vielleicht geht es auch nur mir so, als Jemand, der vielleicht mal wieder ein paar Lächler von irgendwelchen Leuten braucht. Nun gut, ich will ja nicht klagen: Kate hat das Lächelpensum der nächsten Tage mehr als erfüllt.

Endanflug. Die Wellen des Meeres scheinen jetzt unmittelbar nah zu sein. Jeden Moment glaubt man, einfach hineinzufallen. Dem Meer, voller Schaumkronen, kommt man immer näher, immer näher, bis sich im letzten Moment das Land mit einem grauen Asphaltstreifen unter das Flugzeug schiebt und die Maschine, trotz heftiger Seitenwinde, sicher erdet.

kapitel 10 – eindruck nr. 1

Kerray Airport, Dearinish, etwa zehn Uhr.

Was ich vorfinde ist ein glasiger, aber winziger Neubau, der wohl an so etwas wie einen Terminal erinnern soll. Überdacht von hellgrauem, dünnem Welldach. Eine Frau in den 50ern, vielleicht auch 60ern, lotste den kleinen Flieger bereits auf die Parkposition und begrüßt nun jeden aussteigenden Fluggast.

Es fühlte sich noch nie so komisch an, Boden unter den Füßen zu haben, wie heute. Es löst im ersten Moment ein Kribbeln in meinen Füßen aus. Sie stehen, unsicher wie ein neugeborenes Reh, auf dem Asphalt, der vom Regen verdunkelt wird.

Gibt nicht mal ein Laufband hier. Meine schwarze, lederne Reisetasche wird lediglich durch eine Luke in der Wand geworfen und ich nehme sie entgegen, mit allem darin, was mir lieb ist.

Ich halte noch einen kurzen Plausch mit einer netten Frau in den Mittvierzigern, so alt schätze ich sie. Sie hat ihren Freund dabei. Die beiden saßen im Flieger auf der anderen Seite des Ganges und sprachen mich an, ob ich denn schon einmal hier war und so.

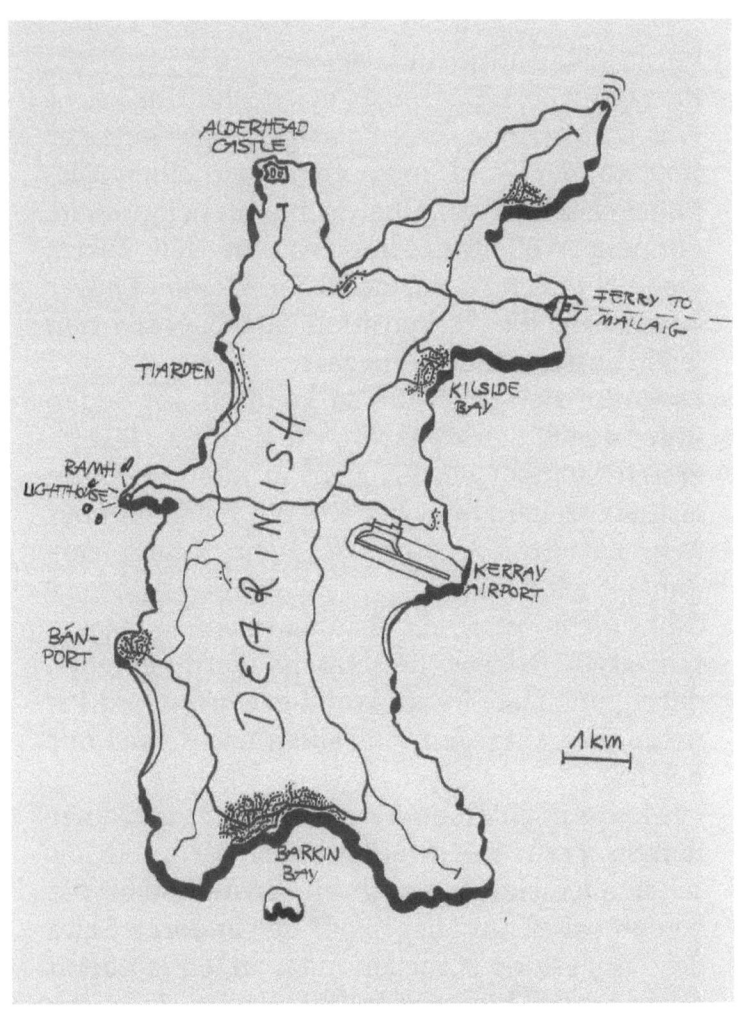

ALDERHEAD
CASTLE

FERRY TO
MALLAIG

TIARDEN

KILSIDE
BAY

RAMH
LIGHTHOUSE

DEARINISH

KERRAY
AIRPORT

BÁN-
PORT

1 km

BARKIN
BAY

Dearinish

Vor der Flughafenhalle, dieser Name wiegt sich übrigens in Übertreibung, wartet ein Bus. Naja, und auch das Wort *Bus* ist irgendwie Übertreibung. Ist eher ein weißer, klappriger Haufen Blech, der bei jedem Flug eine Runde über die Insel dreht, was ungefähr einmal am Tag der Fall ist.

Ich habe ein Zimmer in Bánport gebucht, eines der kleinen Dörfer der Insel. Ich habe kein Vorwissen, habe mich nicht informiert und versuche nur die Beschaulichkeit dieser Insel anzunehmen. Fast alles hat hier *Bay* oder *Port* im Namen und ein bisschen erinnert es mich an das Auenland. Es ist eine ähnlich klischeehafte Vorstellung eines Orts, wie ich sie in Edinburgh empfand.

Und die Busfahrt bestätigt eines meiner Vorurteile: Grün.

Und dieses Grün wird einzig und allein vom Weiß der Schafe gebrochen. Eine Insel, wie sie im Buche steht. Aber immerhin sind es unzählige verschiedene Grüntöne.

Und zwischen all dieser minimalistischen Natur zieren sich immer mal wieder ein paar Häuser. Es sind kleine Cottages, nett verputzt und viele von ihnen haben Stroh- oder Reetdächer.

Ich sitze schräg hinter dem Busfahrer und frage ihn, ob er mir sagen kann, wenn wir in Bánport sind. Er bejaht raubeinig.

Es ist immer noch bedeckt und windig. Ein rauer, grauer Tag. Auch der Bus ist nicht ganz dicht und es dringen Windgeräusche durch die Ritzen und geben mir das Gefühl, dass der Haufen Blech gleich umgeweht wird.

Nach einer Viertelstunde bin ich da. Bánport.

Der Bus fährt davon. Es ist an diesem Tag der erste Moment der Stille und ich bin nun vollkommen auf mich gestellt.

Ich habe es von wortgewandten Literaten gehört: Die Fremde sei wie ein Textil, das sich um einen hüllt. Die Fremde verschlingt einen und spuckt wieder aus. Sie lädt ein und weist ab.

Dieses Dorf ist natürlich überschaubar, denn jedes Haus liegt in meinem Blickfeld. Der Meerblick ist beeindruckend. Eine Hausreihe liegt sogar direkt über der Klippe, die schätzungsweise 8 bis 10 Meter hinab bis zum Wasser geht, und mit feuchtem Grün bewachsen ist.

Was für ein bescheidenes Leben das hier doch, in diesen kleinen Häusern, sein muss. Einfach, aber nah an der Ader, nah am Puls menschlichen Lebens. Oder irre ich mich da?

Ich muss mich nur so lange im Kreis drehen, bis ich weiß, welches dieser paar Häuser meine Unterkunft ist. Es ist ein zweistöckiges, weißes Haus, das die anderen Häuser wie Spielzeug aussehen lässt.

Ich trete mit leichtem Unwohlsein ein.

Ich frage mich nur, ob es hier Farbfernsehen gibt. Einen Moment muss ich warten, bis ich bedient werde, nachdem ich mit dem Glöckchen an der Wand auf mich aufmerksam gemacht habe. Eine besonnene alte Dame, recht dünn und klein, aber entzückt von der Welt, heißt mich willkommen. Sie stellt sich sofort vor: „Guten Morgen, eine Freude Sie hier zu treffen, Mister! Grace Miller, angenehm!"

Egal wie fremd, schon fühl' ich mich wie zu Hause. Zumindest für den ersten Moment.

Mrs. Miller erklärt mir alle Gegebenheiten und geleitet mich in mein gemütliches, wenn auch etwas britisch-altkitschiges Zimmer im 1. Stock mit Meerblick, fragt mich, wann sie mir immer Essen machen soll. Klingt wie meine Mutter und klingt, als wenn ich der Einzige bin, den sie bekocht.

Nach flüchtigem Auspacken mancher meiner Sachen, will ich in einen kleinen Laden, den weit und breit einzigen.

Ein großes Schaufenster lässt unmissverständlich ahnen, dass es hier alles Nötige, und wenn es auch nur das Nötigste ist, zu kaufen gibt.

Diesmal steht eine nicht ganz so dünne Frau hinter der Kasse. Auch 60+, aber mit Glasbausteinen vor den Augen. Alle sind irgendwie so nett, dass ich überlege, ob sie nicht alle mal

Stewardessen waren und ihren Duktus einfach nicht aufgeben wollten.

Beim Einkauf werde ich aber genauestens von ihr beobachtet, was mich, zugegebenermaßen, ziemlich beengt. Die leeren Regale machen es noch einfacher, mir über die Schulter zu schauen. Mein ausgewogener Einkauf:

1 Packung Kaugummis, 1 4er-Träger Bier (in Dosen), 1 Flasche Scotch Whisky. Und damit das nicht so schlimm aussieht, nehme ich noch *1 Packung Muffins* dazu.

So, das Wichtigste hab' ich erst mal. Wie spät war es noch? Kurz vor 11 Uhr morgens?

kapitel 11 – mcintyre's

Die erste Nacht war unheimlich.

Der Wind blieb, das heimelige Gefühl verließ mich. Der Sturm fegte nachts ums Haus und klang wie ein Rudel heulender Wölfe, das sich um mich versammelte.

Ich war sehr früh ins Bett gegangen, aus Ideenlosigkeit, machte aber selten ein Auge zu und lauschte nur dem Wetter, das da draußen toste. Den ganzen Tag über wurde ich schon von einer Leere, von einem Vakuum ausgefüllt, das sich alles andere als positiv anfühlte.

Es war keine Leere im Sinne von einer Befreiung von der Zerstreuung, es war eine Abwesenheit, eine Verneinung des Bestehens.

Am ersten Tag gleich, schien mir die Insel ihre Abweisung verständlich zu machen. Dieses Mal war ich der Parasit, der von außen in den Organismus eindrang.

Mein Magen war so leer wie mein Geist und ich versuchte beides mit Alkohol zu füllen.

Und jetzt fühlt es sich zwar passabel an, wieder die Helligkeit walten zu sehen, doch kann ich mich noch nicht an dieses Fleckchen Erde gewöhnen.

Ich möchte mich spüren, in die Wogen springen, gegen den Wind anrennen, schreien. Doch ich bin träge. Ich lasse meinen Bart wachsen, lasse meine Haare ungekämmt, trinke die angebrochene und abgestandene Dose Bier von gestern Abend, weigere mich zu duschen. Da braucht es nur einen Tag und ich fühle mich wie ein Penner.

Dann klopft es an meiner Zimmertür. Eine Stimme erklingt gedämpft von der anderen Seite: „Mr. Winter? Das Frühstück wäre fertig, falls Sie hungrig sind."

„Oh ja, vielen Dank. Ich komme gleich."

Also gut, ich kämme mich wenigstens.

Ich höre, wie Mrs. Miller noch an einer anderen Tür klopft. Ich bin wohl doch nicht allein hier.

Fünf Minuten später stehe ich unten im Frühstücksraum. Dort sitzt bereits ein junges Pär-

chen. Er ist schlacksig, mit braunem Kurzhaar-
schnitt, in blauem Sweatshirt. Sie ist straßen-
köterblond, mit Zopf. Anscheinend beide frisch
verliebt. Ätzend.

Hat man die engagiert, um mich zu foltern?

Wie auch immer, das Frühstück ist nicht
schlecht. Beim Aufstoßen kommt immer mal
wieder eine Note Scotch hoch. Wie erfrischend.

Der nächstgelegene Strand, südlich von hier, ist
meine erste Destination. Ein bisschen Seeluft
schnuppern, ein bisschen rumlaufen. Alles,
aber bloß diesem Pärchen entfliehen!

Immer dieses Getue, immer dieses Geknutsche,
als wenn ihr Leben davon abhängen würde.
Können die sich nicht mal wie Erwachsene
benehmen, auch wenn sie es sowieso erst seit
kurzer Zeit sind? Sonst dreh' ich noch durch.

Entschuldigen Sie meinen Zynismus, ich bin
einfach momentan nicht gut, worauf auch
immer, zu sprechen. Pärchen erinnern einen
immer an sich selbst und daran, was man sich
wünscht, aber nicht hat.

Zurück zum Thema Strand. Ein recht großer
Strand für eine kleine Insel. Bestimmt zwei
Kilometer lang. Aufgrund des Wetters men-
schenverlassen. Nur einer erklimmt die Wellen, was mich ein bisschen verwundert. Daraufhin frage ich Mrs. Miller nach ihm. Sie sagt:

„Ach ja, das ist Tony. Der wird bald siebzig und springt seit Jahrzehnten jeden Tag ins Wasser. Er meinte, er bleibt immer so viele Minuten drin, wie kalt das Wasser ist."

Den ganzen Tag widmete ich mich also der körperlichen Verausgabung und spazierte umher. Am Wasser, ins Land, auf Felsen, auf Sand, durch Dörfer, durch unbebautes Land. Gegen den Wind, mit dem Wind, mit Seitenwind.
Zum Abendessen brannten dann meine Füße.
Mrs. Miller sprach mich beim Essen an: „Mr. Winter, falls Sie heute Abend in den Pub möchten, könnte Mr. Boyd Sie mitnehmen. Also natürlich nur, wenn Sie wollen." Sie hatte sich wohl Sorgen gemacht, weil ich mich am ersten Tag nicht aus dem Zimmer bewegte. Vielleicht hatte sie mich heute auch nicht gehen sehen, und dachte, dass ich den heutigen Tag ähnlich verlebt hätte. Ich würde hier raus müssen. Das war die einzige Möglichkeit, um die Mauer zwischen mir und den Menschen hier zu durchbrechen.
„Mh...wieso nicht?", antwortete ich. „Wann würde er denn fahren?"
„So kurz nach sieben, Sie könnten also noch ganz in Ruhe zuende essen. Wissen Sie, er ist der Barkeeper. Er fährt jeden Abend von hier zum Pub in Barkin Bay. Er wohnt nämlich hier

in Bánport."

„Oh, achso. Also gut, wo soll ich warten?", wollte ich wissen.

„Warten Sie einfach am Empfang. Heute wird er Sie abholen", erzählte Mrs. Miller stolz.

Nach dem Essen saß ich in einem Sessel neben dem besagten Empfang. Es war mittlerweile viertel nach sieben, als ein Mann mit gelassenem Lächeln die Pension betrat. Er trug einen hellgrauen Pullover über einem weißen Hemd, durch das man einen über Jahre hinweg erarbeiteten Bierbauch erkannte. Er hatte sich aus seinen ebenfalls grauen Haaren einen Zopf gemacht. Ihm stand das irgendwie, auch wenn seine Geheimratsecken nicht gerade unauffällig waren. Er hatte sich seine Ärmel hochgekrempelt, obwohl es draußen regnete.

Erst schaute er nach rechts, dann nach links, dann zu mir. „Soll ich Sie mitnehmen?"

„Das wäre sehr nett. Adrian Winter", höflich wie ich bin, gab ich ihm die Hand.

Er lächelte mich überlegen (aber nicht arrogant, eher wie ein stolzer Vater seinen Sohn) an.

„Ian Boyd bin ich. Das erste Mal hier?"
Natürlich bejahte ich.

„Na, dann gibt es ja keine Zeit zu verlieren. Einfach mitkommen."

Er nahm mich in seinem kleinen, roten Daihatsu mit. Fragte mich, was mich hier raus treiben würde und welches Bier ich denn am liebsten trinken würde. Ich stotterte mir ein bisschen was zusammen. Zu der zweiten Frage konnte ich natürlich kompetent antworten (Heineken und alle möglichen Alesorten).
Die übrige Zeit schwiegen wir.

Nun, wie lässt sich *Mcintyre's* Pub beschreiben?
Erst einmal die Lage ist sehr schön. Gelegen direkt in der Bucht von Barkin Bay, dem größten Ort der Insel, mit mehreren hundert Einwohnern. Von innen vervollständigt sich ein harmonisches Bild. Ein typischer Pub eben. Alles schön mit dunklem Holz vertäfelt, eine zweiköpfige Folkband spielt, gesellige Stimmung, manche essen, manche schauen nur ins Glas.
Sofort werde ich dem Pubbesitzer vorgestellt: Donald „*Donnie*" Mcintyre. Donnie hat rote Bäckchen und ist trotz seines Mondgesichts ein Sonnenschein. Ebenso wie Ian ist er in den Fünfzigern und in seinem raren Haar sieht man einen starken Rotstich. Er sieht gutmütig aus, mit seinem breiten Lächeln, das er selten abstellt.
Sein Bauch ist eine Kugel, aber das fügt sich gut ins Gesamtbild ein. In seinem kurzärmeligen,

karierten Hemd sind immer zwei, drei Kugel-schreiber.

Er scherzt mit Ian. Der wiederum schaut sich nach dem Geschirrhandtuch um, das ähnlich kariert ist, wie Donnies Hemd.

Ich gewinne meine verlorene Heimeligkeit sofort wieder. Ich sitze zwar alleine an der Bar, doch bin ich ja irgendwie am Thekengeschehen beteiligt und es fühlt sich an, als wäre ich, als Jüngling und Neuankömmling, unter den Fit-tichen von Donnie und Ian vor Sorgen be-schützt. Es entwickelt sich durchaus zu einem schönen Abend.

Als ich wieder in die Pension gebracht werde, finde ich es schade und versinke in Melan-cholie.

Mitten in der Nacht stelle ich mich noch mal ans Meer, vor Nachdenklichkeit, und mir fällt, belesen wie ich doch bin, dieses Gedicht von dem deutschen Dichter Heinrich Heine ein:

„Am Meer, am wüsten, nächtlichen Meer
Steht ein Jüngling-Mann,
Die Brust voller Wehmut, das Haupt voller Zweifel
Und mit düstern Lippen fragt er die Wogen: „O löst mir das Rätsel des Lebens,
das qualvoll uralte Rätsel,
[...]
Sagt mir, was bedeutet der Mensch?

Woher ist er gekommen? Wo geht er hin?
Wer wohnt dort oben auf goldenen Sternen?"

Es murmeln die Wogen ihr ew'ges Gemurmel,
Es weht der Wind, es fliehen die Wolken,
Es blinken die Sterne, gleichgültig und kalt,
Und ein Narr wartet auf Antwort."[3]

Ja. Genau *so.*

kapitel 12 - adoleszenz

Meine Tage werden allmählich von meinen Spaziergängen gezeichnet. Ich bleibe in Bewegung, denn so kann ich nicht spüren, wie einsam ich mich eigentlich fühle. Jeder Tag ist lang und bis ich abends in den Pub kann, sind viele Stunden zu bewältigen.

Heute bin ich gen Norden bis zum Alderhead Castle gelaufen. Ich habe mich immer zwischen Meer und Straße gehalten. Wieder haben meine Selbstgespräche die Stille gebrochen, während der Wind in meinen Ohren pfiff. Nach und nach fingen die Themen, über die ich mit mir selbst räsonierte, an, sich in meinem Kopf zu ordnen.

Ich hatte auch meine Whiskyflasche dabei. Die ist jetzt fast leer. Ich trank und bekämpfte mit dem Laufen gleichzeitig die Wirkung.

Das ermöglichte mir, abends völlig nüchtern

wieder „daheim" zu sein.

Die Liebe bestimmte meine Selbstgespräche.
Ich musste an die lauen Sommerabende denken, die mich, noch immer, jedes Mal melancholisch stimmen. Sie rufen Gefühle vergangener Tage, die Gefühle meiner Jugendtage hervor. In dem Wissen, dass dies eine besondere Zeit war, und dass sie nie wieder zurückkehren wird. Und das sage ich, obwohl meine Jugend (weiß nicht, ob sie schon vorbei ist) durchgehend von meinem gebrochenen Herzen geprägt war. (Gebrochen von diversen Damen, die allesamt meine langen Haare, wegen denen ich mehrmals als Mädchen angesprochen wurde, meine Hautunreinheiten und meine Zahnspange nicht zu schätzen wussten.) Auch wenn diese Zeit davon bestimmt war, erinnere ich mich ihrer gerne.
Es ist eine Zerbrechlichkeit, an die ich denke. Die Schönheit eines gebrochenen Herzens, während ein gebrochenes Herz mittlerweile nur noch kompliziert ist. (Ich romantisiere ein bisschen doll, oder?) Ich war damals so verzweifelt, mein Motto war: Lieber nehme ich die Falsche, als gar keine.
Wobei ich zugeben sollte, dass ich dann trotzdem erstmal keine genommen habe. Oder eher anders herum. Keine hat *mich* genommen. Ach

ja, ich liebe Selbstmitleid! Man kann sich so gut darin fallen lassen. Probieren Sie es doch auch mal aus!

23, das sind die besten Jahre, würden viele sagen! Und trotzdem trauere ich dem Jungsein hinterher. Ich leide an einer schwer heilbaren Krankheit: Nostalgie.

Denn mittlerweile fühlt es sich so an, als wenn alles so komplex ist. Es ist, als wenn meine Gefühle nicht mehr so rein und pur sind wie mit sechzehn.

Die meisten Romanzen fanden nur in meinem Kopf statt. Ich hab mir Vieles schön ausgemalt und einfach gehofft, dass es eines Tages so kommen würde. Ich verlor mich in dieser anreizenden Melodramatik und hoffte, dass mich irgendwer von ihr erlöst. Und ich muss schon zugeben: Ich war nicht gerade nett, als man mir dann immer wieder beichtete, dass man meine Liebe nicht erwiderte. Ich habe allen Mädchen, so gut ich konnte, Schuldgefühle eingejagt. (Vermutlich der allerletzte Versuch, damit sie sich doch noch erbarmen.) Sorry, nochmal! Ich war jung und brauchte die Aufmerksamkeit!

Es waren Freitagabende, ich saß mit meinen Freunden auf Terrassen oder streunerte mit ihnen durchs Dorf. Wir gingen mit dem Hund raus, erfreuten uns der gegenseitigen Gesellschaft.

Extrem beschenkte Tage, wie ich merke.

Und wenn man verliebt ist, gerade in jemand Unerreichbaren, dann freut man sich wie ein kleiner Hund schon an der Gegenwart des Anderen. Man ist dankbar für jede einzelne Minute, während Beziehungen einem oft die Routine beibringen.

Es war nie so, als dass alle, die ich anbetete, mir abgeneigt waren. Sie mochten mich, doch ich war immer viel zu früh in die *Friendzone* hineingeschlittert. Mittlerweile habe ich so manche Beziehung hinter mir und einiges, was in der Jugend wie ein Mysterium erschien, hat seinen Reiz verloren. Küssen ist gut, aber nicht mehr spektakulär. Und glauben Sie mir, ich hatte nie den Mut, drauf los zu küssen. Ich war schlicht zu schüchtern.

Eines Nachmittags hatte ich es mir zwar fest vorgenommen, bin aber daran gescheitert, dass ich fand, dass ihre Lippen irgendwie zu trocken aussahen.

Genug meiner Nostalgie. Ich sollte mein Leben als 23-Jähriger(!) nicht so stark aus der Retrospektive erzählen. Denn: Wer seinen Blick beim Vorwärtsgehen nach hinten wirft, wird schnell stolpern!

Das Alderhead Castle ist recht nett. Ist natürlich mittlerweile nur noch eine Ruine und damit nicht viel mehr als ein Haufen Steine.
Es liegt auf einer Landzunge, damit sicherlich strategisch günstig und wird seit Jahrhunderten von vielen Wassern gewaschen.
Es ist umringt von Klippen, die alle steil hinab in den Tod gehen können.
Als ich durch die alten Gemäuer schlenderte, konnte ich mich nicht davor bewahren, etwas zu spüren. Es kribbelte in meinen Armen. Es war ein unbehagliches Gefühl. Ob es dort spuken soll, weiß ich nicht, aber mein Körper war irgendeiner Energie ausgesetzt. Gerade im inneren Ring der Festung. Verrückt.
Irgendwann dann stellte ich mich nach außen an den Abhang und stellte mir vor, wie sich schon vor 500 Jahren jemand genau an diesen Punkt gestellt hat, und nun, wie ich, in die Ferne guckt, in den weiten kalten Atlantik.

Ich war heute Abend wieder im Pub. Ich bin geblieben bis alle weg waren und nur Donnie, Ian und ich noch dort waren. Das führte zu philosophischen Gesprächen bis tief in die Nacht. Und nur weil die beiden zwar einfache und bodenständige Menschen sind, heißt das nicht, dass man mit ihnen keine wunderbar abgehobene Gespräche führen kann. Ich hab mich richtig wohl gefühlt.

Irgendwann fragte ich Donnie zusammenhangslos, was sein Traum wäre. „Einmal auf die
Titelseite des *Pub-Courier*. Das wäre der Knal-
ler!", schallte es mit seiner tiefen Stimme.

Was für ein bescheidener, aber schöner und
klar definierter Wunsch. Und eigentlich hat er
mir damit gesagt, dass er rundum glücklich ist.
Welche Lücke im Leben gibt es noch zu füllen,
wenn man nichts weiter will, als auf die Titelseite eines Magazins über Kneipen und Bars?

Welche Tragweite muss sein Glück haben,
damit er nicht mehr will, als das?

Was hat er, dass er nichts anderes will?

Donnie ist der genügsame Inhaber eines Pubs,
gelernter Schafzüchter, der Müllfahrer der
Insel und ein so unglaublich gutmütiger, netter, stolzer, lieber Mensch. Wie passt das zusammen?

Und das, während viele der hohen Tiere der
Gesellschaft, denen es an Geld und Prestige
nicht fehlt, so undankbar und tief unglücklich
sind?

Fragen über Fragen. Jetzt wissen Sie, wie es in
meinem Kopf zugeht.

kapitel 13 – ich hasse telefonieren

Jeder Tag sieht gleich aus. Und der Whisky wird zum universellen Lückenfüller für meine Stimmungsschwankungen. Ein paar Drinks vor dem Abendessen oder meinetwegen auch nach dem Frühstück gehören ab nun zu meiner *Dearinish-Routine*. Ich habe mir auch schon eine Packung Zigaretten gekauft, aber mit der halte ich mich eher zurück. Beim Durchwühlen meiner Tasche fand ich noch eine winzige Tüte Gras. Wie habe ich die bloß durch die Kontrollen bekommen? Erstaunlich.

Ich versuchte alles, doch war die Menge so klein, dass ich dem Gewächs keine Wirkung mehr entziehen konnte. Das bisschen Entspannung hätte mir gut getan. Schade.

Mrs. Miller singt immer alte schottische Lieder, wenn sie durchs Haus geht. Es ist mir schon fast peinlich, in einer so netten Pension dermaßen niederzugehen. Immerhin habe ich mich noch nicht übergeben, zumindest nicht in ihrem Haus. Ich hoffe, ich wecke bei ihr mit sowas keine Mutterinstinkte. Obwohls irgendwie knuffig wäre.

Ich muss irgendwas machen. Denn das Lesen hängt mir irgendwann zum Halse raus. In Edinburgh habe ich noch irgendein billiges

Pamphlet gelesen, jetzt *R. L. Stevenson.*

Beim Durchblättern durch mein Tagebuch fällt mir eine andere Schrift auf. Auch wenn es nur Ziffern sind, sehen sie ganz anders aus als meine. Meine sind eher markant, ihre weich und rundlich. Ist es wirklich schon Zeit diese Chance zu ergreifen? Gönne ich mir einen Anruf bei Kate? Und das, wo ich Telefonieren doch hasse?

Nach ein paar Minuten brennt der Gedanke in mir, ich kann unmöglich zur Ruhe kommen, ohne es zu tun.

Ich tippe hektisch ihre Nummer ein, kontrolliere sie dreimal und drücke die grüne Fläche auf dem Display. Sobald ich mein Smartphone am Ohr habe, überkommt es mich wie ein Schlag:

Junge, du hast keine Ahnung, was du sagst!

Das Anrufmanöver war wie ein Reflex, eine Entledigung meines Impulses und ich habe keine Sekunde darüber nachgedacht, wie ich das alles anstelle. Vielleicht will sie wirklich nur, dass ich sie anrufe, wenn sie die Kamera bezahlen soll. Was habe ich da nur get...

„Hallo?"

„Ähm, hallo. Ich wollte mich einfach mal melden."

„Wer ist denn da?"

Ich Trottel. Dein Zukünftiger, der bärtige Idiot vom Flughafen, dein stiller Verehrer.

„Oh sorry, hier ist Adrian."

„Adrian! Ich wusste, dass du es dir anders überlegst."

Sie duzt mich.

„Eh nein, darum geht es gar nicht." Ich will nur ehrlich sein: „Ich bin gerade auf dieser Insel und...fühlte mich gerade nicht so...und wusste gerade sonst niemanden zum Reden..."

Das war meine entwaffnende Ehrlichkeit. Aber musste ich gleich die Mitleidsschiene fahren?

„Oh...das wusste ich nicht. Du hast Glück. Ich habe gerade Mittagspause. Gib' mir 'nen Moment, ich geh' kurz raus." Ich spürte ihre schiere Überraschung darüber, dass ich sie anrief.

„Klar", sagte ich und ich lauschte ihren Schritten.

„So, geschafft."

„Hör zu, es tut mir leid, dass ich dich einfach so überfalle. Das war keine gute Idee. Ich mochte nur den Gedanken, dass sich zwei Menschen einfach so unterhalten können, ohne sich zu kennen. Da musst du aber nicht mitmachen."

„Doch, das ist doch eine gute Idee."

Es macht mich heilfroh, das zu hören.

„Es macht mich heilfroh, das zu hören!" Ich lache kurz und fühle sie durch den Hörer lächeln.

Für eine Viertelstunde kümmert sie sich um mich, obwohl wir uns erst einmal begegnet sind, das nennt man wohl sozial. Ich weiß, dass sie mich mag. Und *das* fühlt sich unheimlich gut an und lässt hier alles ein bisschen bunter erscheinen. Wir haben entschieden, in Kontakt zu bleiben. Und sie meinte, ich solle sie immer anrufen, wenn ich jemanden zum Reden brauche, nur arbeitet sie meistens bis nachmittags. Da sucht man jahrelang nach netten Menschen und dann trifft man sie. Unglaublich. Ja, ich meine dich: Ms. Kate Shaw.

kapitel 14 - iona

Meine Stimmung hatte jetzt eine Stütze. Oft hilft schon allein das Gefühl, nicht ganz allein zu sein. Auch an jenem Abend betrat ich wieder das *Mcintyre's*. Der Treffpunkt der ganzen Insel. Ich versuchte, mir mein verlegenes Lächeln zu verkneifen, doch Ian war wie eingeweiht.

Irgendwas hatte meinen Tag verbessert, das wusste er. Er fragte aber nicht nach, so funktioniert Kommunikation unter manchen Männern eben. Wenn sie denn funktioniert. Wenn nicht, dann ist es so, als wenn sich dort Zwei so offensichtlich, wie zwei blökende Schafe verständigen. Und keiner versteht was.

Der Abend dehnte sich, wie jedes Mal, es war irgendwann elf Uhr und ich hatte schon ordentlich einen sitzen. Dieses Mal saß ich am Ende der Theke und schaute Richtung Tür. Binnen einer Sekunde wurde ich nüchtern. Stocknüchtern.

Denn dort überquerte etwas die Türschwelle. Ein menschliches Geschöpf. Ein weibliches Geschöpf. Ein lockiges Geschöpf.

Eine jüngere Ausgabe von Katie Melua, das war meine erste Assoziation. Nicht sehr groß gewachsen, aber dafür fein und zierlich.

Umhüllt von einer Lederjacke, die in einem helleren Braun war, als die meine. Um den Hals einen Seidenschal in Rottönen. Ihre Locken fielen auf ihre Schultern.

Ihre schimmernden, braunen Augen hatten etwas Durchlöcherndes. Als hätte sie Laseraugen. Ich nehme an, das war einfach Ausstrahlung.

Sie begrüßte Donnie, Enid (Donnies Frau, die öfter durch den Pub schwirrte und ausschenkte und eine ebenso nette Person wie Donnie war) und Ian. Wobei Donnie und Ian sofort Haltung einnahmen und sie zurück grüßten, wie zwei Hunde, die für ihr Herrchen Sitz machen. (Wieso vergleiche ich so oft mit Hunden?) Aber hey, junge Damen haben immer Wirkung.

Sie ging den Tresen entlang und jede Sekunde dachte ich mir: Noch etwas weiter, noch etwas weiter, noch etwas weiter.

Vor der Ecke hielt sie an und setzte sich schräg gegenüber von mir hin. Jackpot!

Ich habe doch erzählt, dass ich binnen einer Sekunde nüchtern wurde, nicht?

Nun, das dachte ich zumindest! Was nun passierte, kann ich nur aus einer peinlichen Distanz erzählen. Mein Zustand sprach für sich.

Sie stieß ein leises „Hey." von sich und lächelte mich diskret an.

„Heyyyyyy.... naaaaa?" Oh nein.

Sie nickte mir mit angehobenen Augenbrauen zu, als wäre das ein dezentes Signal für „Schalt mal einen Gang runter, sonst setz' ich mich ganz schnell woanders hin!".

Rückblickend erkenne ich das auch, nur in dem Moment war ich erkenntnisresistent.

Ich überfiel sie mit meiner Hand: „Ich heiße Adrian und wie heißt duuu dennnn?"

„Iona." Zierlich gab sie mir die Hand und versuchte mich ein bisschen auf Abstand zu halten, wofür ich mittlerweile durchaus Verständnis habe. Dass ich nicht von hier komme, wusste sie wahrscheinlich sofort.

„Oh, *Iona*. Ist das nicht diese Insel? Das ist doch schön. Da sind die Konsonanten mal in der

Überzahl. Supiii."
Ich habe noch nie *supiii* gesagt! Wie bin ich nur auf diesen Schwachsinn gekommen? Das ist, als hätten sich in meinem Gehirn fälschlicherweise zwei Drähte berührt. Im Nachhinein macht es mich nachdenklich: Ich bin keinen Funken, keinen Drink nüchterner als Frédéric. Bin ICH nun Frédéric?

„Achso", sagte sie und guckte in eine andere Richtung, als in die meine.
Dann fing ich an, über das Bier, das sie bestellt hatte, zu philosophieren, benutzte so viele Synonyme, wie ich nur kannte. Ich habe es selbst geschafft, Worte wie „Echauffage" und „Totalitarismus" unterzubringen. Fragen sie mich bloß nicht wie, ich will es selbst nicht wissen!
Ich habe mich wie ein Affe verhalten, lachte sie nervös an, schlug mir auf die Stirn (wahrscheinlich, weil ich ahnte, was ich gerade tat), stieß auf, lachte wieder nervös und war ein wahres Ekelpaket, und das, obwohl sie mir ja eigentlich total gefiel. Aber nur so lange bis sie ihr Bier ausgetrunken hatte, mich kurz gekünstelt anlächelte, „Tschüss!" sagte und den Pub verließ.
Da war sie wieder verschwunden.
Ich habs vermasselt. I fucked it up.

Um kurz nach zwei saß ich dann noch einmal am immer kälter werdenden Meer und konnte nur schwer an mich halten. Ich fluchte in den Wind, erteilte einigen Steinen eine Lektion, indem ich sie wütend in die See warf, war zornig, öffnete meine Ventile, meine Poren, atmete hektisch und ließ mich dann zurück auf einen Fels fallen, um letztendlich an meinem eigenen Wesen zu verzweifeln.

kapitel 15 – so simpel?

Schlafen half. Heilte mich aber nicht.

Wer so viel nachdenkt wie ich, wird immer unzufrieden mit sich sein. Mit dieser Tatsache werde ich klarkommen müssen, wenn sich nichts ändert. Da hilft auch kein Alkohol. Durch Alkohol werde ich nicht zu einem Menschen, den ich mag. Und dieser erste Moment, in dem der Alkohol wirkt, ist nichts weiter als eine kurze Erleichterung, sich selbst nicht mehr sehen zu müssen, sich selbst aus den Augen zu verlieren, sozusagen *Ich-blind* zu werden.

Ich will nicht als tragische Figur enden, die zerbricht, die kaputt geht. Und das letztendlich an sich selbst. Ich wills einfach nicht.

Ich will nicht enden wie Ben Sanderson aus *Leaving Las Vegas*, ich will nicht enden wie Bruce Robertson in *Drecksau*, ich will nicht enden wie Robin Williams, ich will nicht enden wie Kurt Cobain, ich will nicht enden wie Heath Ledger, ich will nicht enden wie Ernest Hemingway.

Einen Teil des Tages bin ich durch den Regen getrottet, den anderen Teil lag ich auf meinem Bett und hab' die hochinteressante Zimmerdecke angestarrt.
Darüber nachgedacht, warum ich gestern zum Ekel werden konnte. Aber da liegt schon wieder das Problem. Ich sollte nicht darüber nachdenken, ich sollte es einfach nicht mehr tun. Und dass ich immer noch im Konjunktiv rede, macht es nicht besser. Meine Gedanken müssen mein Imperativ sein.
Hatte Heimweh, obwohl ich nicht weiß, wo mein wahres Zuhause ist. Hatte also Fernweh nach Zuhause.

Kurz vor dem Abendessen klopfte es wieder einmal an meiner Tür. Doch dieses Mal kam kein Ausruf von Mrs. Miller, dass das Essen fertig sei. Ich wartete und wartete, doch nichts war zu hören. Es klopfte erneut. Mit einer Bewegung schwang ich mich aus dem Bett in die Senkrechte und öffnete die Tür. Iona.
Es war ein sehr seltener Moment, in dem sich die Erfüllung meiner Hoffnung und schiere

Überraschung kreuzten.

Sie lächelte mich selbstbewusst an.

„Hey, wie geht's?", sagte sie.

Ich brachte erst einmal ein paar Sekunden nichts heraus. Innerlich dachte ich hastig über sie, mich, gestern, heute und jegliche Konjunktive nach, bis mir auffiel, dass meine Gedanken mittlerweile eine beträchtliche Gesprächslücke hinterlassen hatten.

Sie wiederholte ihren Satz: „Wie geht's?"

„Ähm, mir geht es gut", sagte ich ihr. „Und dir, ähm..also Ihnen?"

„Du willst nicht ernsthaft anfangen, mich zu siezen, oder?", lachte sie.

„Macht man das nicht?", fragte ich unsicher. Ich hatte einfach keine Ahnung, was ich sagen sollte.

„Ähm, genauso wenig wie Salutieren." Mit erhobenen Augenbrauen schüttelte sie den Kopf.

„Dann... Wie gehts *dir*?"

„Doch, ganz gut, muss ich sagen."

Und schon schien es mir, als wenn unsere kurze Konversation inhaltlich ausgeschöpft war.

„Wieso bist du hier? Und woher weißt du überhaupt, wo..."

Ehe ich meinen Satz beenden konnte, erwiderte sie: „Also, es ist so...Ja, du hast dich gestern schlimm benommen, wer auch immer du bist. Dennoch hatte ich vorher, bevor ich dein Verhalten kannte, das Gefühl, dass du ganz anständig aussiehst. Du warst nicht wie einer dieser üblichen, schlicht gestrickten Typen. Das war zumindest mein erster Eindruck. Du warst nervig aber irgendwo auch schon wieder so nervig, dass es niedlich war. Ich wollte einfach das Risiko eingehen und herausfinden, ob das gestern nur der Alkohol oder deine Persönlichkeit war. Weißt du, auf einer Insel gibt es nicht viele Menschen. Schon gar nicht in meinem Alter. Ich hab' einfach keine Wahl!", lachte sie und fuhr fort: „Ich bin einfach gezwungen jeden hier unter die Lupe zu nehmen und auf möglichen sozialen Kontakt zu testen. Achja, und dass du *hier* bist, war super einfach. Wieviele Unterkünfte gibt es auf der Insel? Vier oder fünf? Und schließlich kenne ich Mrs. Miller sehr gut. Sie war mal meine Lehrerin, bevor sie ihre Pension eröffnete."

Wieder machte sie mich sprachlos. Sie fuhr erneut fort: „Ich kann es mir hier einfach nicht leisten, Menschen nicht zu treffen. Dein Nichtssagen hat mich überzeugt, wir sehen uns um acht vor dem Mcintyre's, okay?"

Ich nickte still.

„Dann hast du auch noch ein bisschen Zeit zum Überlegen, was du antwortest", grinste sie.

Es war, als wenn meine Tür wie von allein zu fiel. Und sobald sie sich schloss, lösten sich meine Mundwinkel der Gravitation.

Was war das denn bitte?

Hatte ich jetzt ein Date mit Mrs. Katie Melua Nr. II? Ich lachte in den Raum. War es wirklich so einfach? Wirklich jetzt? So simpel? Belohnt werden für widerliches Benehmen?

Ich fühlte mich, als hätte ich den Code für die Liebe, für das Leben, für die Freude geknackt.

So einfach wurde es mir noch nie gemacht.

Da werde ich erst belohnt, weil man mir die Kamera kaputt macht, dann werde ich belohnt fürs Blau sein. Gute Folgen für mieses Karma, wunderbar!

kapitel 16 – ein zettel

Mein Abendessen verschlang ich, nahm reichlich, damit man mir den eventuell auf mich zukommenden Alkoholkonsum diesmal nicht anmerken würde. Wie jeden Abend nahm Ian mich mit. Ich war später als sonst, aber zu früh für unser Treffen. Viertel vor acht.

Ich hatte mich etwas schick gemacht, versuchte makellos zu sein.

Mein Puls stieg stetig, je näher wir Barkin Bay kamen. Das kannte ich sonst nur aus meiner Kindheit, als ich Angst vor dem Klavierunterricht hatte, warum auch immer. Mit fast schon zittrigen Beinen betrat ich Donnies Pub. Es war voller als sonst um diese Uhrzeit. Welcher Tag war doch heute? Dienstag oder so? War sowieso egal.

Der Platz am Tresen war wie für mich geschaffen und ich schlürfte mein erstes Bier, wippte hastig mit meinem rechten Bein und schaute in lächerlich kurzen Abständen zur Tür. „Ach, Adrian...", erklang es von Donnie. Er sprach meinen Namen so aus, als wäre es ein Adelstitel. „Iona war vorhin hier. Ich soll dir das hier von ihr geben." Er reichte mir einen kleinen abgerissenen Zettel, wunderschöne Schrift darauf, das fiel mir sofort auf.

Es stand geschrieben:

Adrian, ich schaff es heute leider doch nicht.
Tut mir voll Leid!
Würde mich freuen, wenn du morgen um 4 nach Tiarden zum Strand kommst.
Iona

Versetzt. Verdammter Mist.

Mit einem Mal fiel mein Puls, ich schloss meine Augen, atmete tief durch, um meinem Körper klar zu machen, dass er jetzt wieder in den Normalzustand darf.

Komischerweise hatte ich dann ein Lied im Ohr.

Das einzige Lied, das ich von Katie Melua kannte: *Nine Million Bicycles*.

Der Text stimmte mich wiedermal melancholisch, erfüllte mich aber gleichzeitig mit einem gewissen Frieden. Ich lächelte vorfreudig.

Mein erstes Bier sollte mein letztes Bier bleiben. Stattdessen entschied ich mich, durch die wenigen Straßen von Barkin Bay zu schlendern.

Der Oktober brach an diesem Tage an und es war bereits dunkel geworden. Über die Straßen schimmerte das gelbe Licht der Straßenlaternen, die noch nicht, wie auf dem Festland, so grässlich kalt und weiß leuchteten. Ich setzte mich auf einen Betonabsatz, direkt am Wasser, neben mir die kleinen Fischerboote.

Nun ja, meine Enttäuschung hatte Iona gewusst, zu verhindern. Vorausgesetzt, sie würde mich nicht auch morgen versetzen.

Weswegen war sie wohl verhindert?

Hatte sie es sich anders überlegt?

War es etwas Ernstes? Oder eine Lappalie?

Sie wissen es nicht zufällig?

Ich kann nur sagen, dass ich aus dem unruhigen Treiben des Wassers nicht schlau wurde. Das Wasser ist wie ich. Ich bin genauso unruhig, so rastlos, so ein Feind des Stillstands. Klingt vielleicht erst mal nicht so dramatisch, aber das bedeutet auch, dass ich nie zur Ruhe kommen kann. Obwohl Wellen wiederum beruhigen können. Ihr gleichmäßiger Rhythmus, ihr Schwanken ist wie ein Wiegenlied. Dazu das gemütliche Knartschen der Boote. Die niemals stillen Fugen zwischen den Brettern. Wie ein Kaminfeuer. Was könnte jetzt mehr beruhigen als diese Art der Rastlosigkeit?

Jetzt liege ich in meinem Bett. Es ist kurz nach zwölf. Ich habe mir eben noch ein Glas Milch von unten geholt, mich dabei wie ein kleiner Junge gefühlt und bemerkt, dass Mrs. Miller in ihrem Sessel eingeschlafen ist.
Ob ich aufgeregt wegen morgen bin? Nein. Wieso sollte ich?
Nachdem das Meer meine Psyche in den Schlaf geschunkelt hat, wird mein Körper nun folgen.

kapitel 17 – schwellenlos
Heute ist *der* Tag. Hoffentlich.
Wenn ich an heute Nachmittag denke, bekomme ich ein wenig Gänsehaut. Dabei muss ich mich nur geben, wie ich bin, nicht durch Alkohol verfälscht. Es kann nur besser werden.
Und ich freue mich über die Chance, ihr zu beweisen, dass ich echt nicht ganz so schlimm bin.

Ich muss ja zugeben, ohne allzu narzistisch zu klingen und Koketterie zu betreiben, ich habe schon etwas Charisma und Ausstrahlung. Mich zumindest fasziniert dasselbe sehr an Frauen. Ganz so sehr überrascht es mich nicht, dass ich es momentan nicht so schwer mit dem weiblichen Geschlecht habe. Ich hatte es lange schwer, womit ich mich ungerecht behandelt gefühlt habe, wobei es wahrscheinlich an meiner schwierigen Art lag. Doch wie es jetzt läuft, das ist wirklich etwas, worüber ich glücklich bin. Meine kleinen Eigenheiten, meine widerlichen Probleme, meine Komplexe, sieht auf den ersten Blick niemand. Das dachte ich aber immer und deswegen fiel es mir in der Vergangenheit auch so schwer auf andere Frauen zu zugehen. Wie auch immer.

In den letzten Jahren habe ich mich sehr entwickelt. Wie ein Phönix, habe ich die Asche meiner Jugend recycelt und etwas Besseres daraus gemacht.

Und jetzt, da die kleine Braunäugige etwas Leben in meinen monotonen Inselalltag bringt, habe ich das Gefühl, endlich am Ziel angelangt zu sein. Ob man sein Ziel erreicht, hängt halt immer davon ab, welches man sich setzt.

Kurz vorher versuche ich mir auszurechnen, wie lange ich bis nach Tiarden brauche. Vielleicht 'ne Stunde?

Ich sollte kurz vor drei losgehen. Oh, das ist jetzt. No sooner said than done!

Auf meinem Weg, das Wetter ist wie immer etwas rauer, liegt der Leuchtturm wieder links, auf einer kleinen Landzunge, die ins Meer ragt und umgeben ist von scharfem Gestein, das in einer Vielzahl aus dem Wasser ragt. Manchmal gut zu sehen, manchmal kurz unter der Wasseroberfläche und dadurch lebensbedrohlich für jeden, der sich im Wasser bewegt, und nur in kurzen Momenten zu sehen, in denen die Wellen zurück ins Meer fließen. Die weiße Brandung ist gewaltig.

An Tiarden bin ich bereits auf meinem Weg zum Castle vorbeigelaufen. Zwei Handvoll Häuser, die direkt am Strand stehen. Es ist ein ebener Strand, der rechts und links von Felsen begrenzt ist. An schönen Tagen ist das Wasser im Meer saphirblau und bis zum Strand wie eine Farbpalette, die immer heller wird, über türkis bis himmelblau. Doch nicht heute. Ein matter Grauton trübt das Blau.

Aus der Entfernung sehe ich Iona, auf der hinteren Hälfte des Strandes sitzend, auf einem Felsblock, die Beine übereinander geschlagen.

Sie schaut raus aufs Meer. (Ob es wohl immer noch so interessant ist, wenn man hier lebt? Wohl eher nicht.)

Als sie mich sieht, steht sie auf. Es folgt dieser kleine, peinliche Moment, in dem man auf einander zu geht und nicht recht weiß, wohin man seinen Blick leiten soll.

Als ich nah genug bin, fängt sie an zu lächeln, begrüßt mich mit einer Umarmung, was mir, zugegeben, gut gefällt und ich schaue dem Wind ein paar Sekunden zu, wie er ihre Locken in ihr Gesicht weht.

„Wo soll's hingehen?", fragt sie mich als Erste.

„*Du* wohnst doch hier", erwidere ich.

„Hast ja Recht. Wie wärs mit dem Castle?"

„Können wir, da war ich aber schon."

„Mh", sagt sie. „Komm einfach mal mit. Wir laufen einfach ein bisschen durch die Gegend, ok?"

Ich bejahe und folge als ihr treuer Begleiter.

„Sag mal, wo wir gerade vom Castle sprechen: Halt' mich nicht für verrückt, aber irgendwas geht dort ab. Also, ich meine…Ich hab' da Irgendwas gespürt."

Sie lacht.

„Aber du hast nichts gesehen, oder?"

„Gesehen? Nein."

„Naja, es gibt da schon so eine Legende. Von einer Frau, die vor hunderten von Jahren am Tag ihrer Hochzeit im Castle ermordet wurde. Seitdem soll sie öfter noch in ihrem Hoch- zeitskleid und einer Wunde am Bauch erscheinen. Die ist dir nicht zufällig über den Weg gelaufen?", fragt sie.

„Ähm, nö, glaube nicht", antworte ich und muss schon ein bisschen schlucken. Dann steigen wir aber tiefer ins Gespräch ein. Um mir den Aufwand zu ersparen, fasse ich kurz zusammen, (ja, ich bin zu allem Überfluss auch noch faul. Naja, sagen wir eher, dass ich mich nicht für alles entflammen kann) was ich alles über sie erfahren habe: Iona Fergusson, 21 Jahre alt, wohnhaft in Tiarden, stellt gerne indiskrete Fragen, auf die ich erst einmal mit verlegenem Lachen antworte, liest unglaublich viele Bücher jeglicher Couleur, Traumberuf ist Dolmetscherin oder Schriftstellerin, woraufhin wir über unsere Lieblingsschriftsteller reden.

Wir reden über die wunderschönen Welten, die Bücher, wie auch Filme, bieten, in die man sich flüchten kann, reden über die zukünftige Bedeutung dieser Medien. Man muss schon sagen, dass das ein erstes Date auf hohem Niveau ist.

Und von Anfang an ist unser Miteinander schwellenlos. Es ist, als könnten wir so offen reden wie zwei langjährige Freunde. Wir sind jung, ungebunden und keinem gesellschaftlichen Zwang unterlegen.

Nach einer knappen Stunde erreichen wir wieder eine neue Landzunge. Sie ist, so sagt Iona, an der Nordostspitze der Insel. Sie erzählt mir von einem atemberaubenden Aussichtspunkt am Ende des Landstrichs, an den wir jedoch nicht gehen, weil sich das Wetter weiter verschlechtert. Unsere Gespräche werden vom milden Brummen des Fährhafens unterlegt.

Ich hoffe ja wirklich, dass sie nicht zu jedem so ist. Denn sie gibt mir das Gefühl, dass sie interessiert ist. Viel zu oft habe ich geheucheltes Interesse erlebt. Und leider ist das auch viel zu selbstverständlich in unserer Gesellschaft geworden. Ich weiß nicht, ob das eine Art der Höflichkeit oder doch eher Verhinderung der Reibung ist. Aber wenn ich an Ionas Interesse denke, ist es mir erstmal egal, welcher Natur ihr Interesse ist. Hauptsache, sie lässt mich nicht wie eine heiße Kartoffel fallen, ohne, dass sie diese Kartoffel überhaupt wirklich kennt. Ja, ich bin eine Kartoffel. Kaum zu glauben.

Es wird langsam dunkel. Deswegen bringt Iona mich, so nett wie sie ist, noch ein kleines Stück Richtung Bánport, worauf ich sie natürlich zurück nach Tiarden begleite, weil ich ja ein Gentleman bin. Eigentlich ziemlich schwachsinnig, aber irgendwie niedlich. Deswegen komme ich auch etwas verspätet zum Abendessen. Für Mrs. Miller ist das aber kein Problem. Sie sieht ihre Widmung anscheinend zu jeder Zeit im Glücklichmachen ihrer Pensionsgäste. Selten konnte ich hier so ruhig und gemütlich essen. Am Nebentisch sitzt wieder das junge Paar, das mich jetzt nicht mehr ganz so nervt. Woran das wohl liegt?

Es unterhält sich mit Mrs. Miller. Und das erste Mal entdecke ich an ihr eine bedauernde Seite. Es geht, wie so oft, um Liebe: „Ich kann nur sagen, wir hören nie auf, uns von unserer ersten Trennung zu erholen." Das Paar lauscht aufmerksam.

„Vielleicht ist jeder Partner, der nach dem ersten kommt, nur eine Ablenkung von der Abkapselung, von der ersten verflossenen Liebe."

Nicht nur stille Wasser sind tief.

So sehr das Nachdenken darüber auch verlockt. Ich verwerfe jeglichen traurigen Gedanken, aus Selbstschutz. Denn damit lasse ich meine glückliche Stimmung unbeschadet.

kapitel 18 – zuhause/tod

Wie definiert sich *Zuhause*? Was ist dafür wichtiger, Orte oder Personen?

Das frage ich mich in einsamen Momenten und gelange zu dem Schluss, diese Frage mit *Personen* zu beantworten.

Natürlich sind auch Orte Dinge, die viel behaftet sind. Orte können Erinnerungen, Gefühle und auch Heimatempfindungen auslösen. Doch gab es auch Momente, an denen ich mich in meinem vermeintlichen Zuhause einsam fühlte, wenn für längere Zeit niemand dort war. Das ist ein Moment, in dem einem der Ort, das Zuhause, unheimlich wird. Und zwar unheimlich fremd. Es ist, als hätte man nie in dieser Behausung gewohnt und das Unterbewusstsein fängt an zu leugnen, dass einem dieser Ort vertraut ist.

Es scheint, als sei das Zuhause nichts weiter als kalte Wände, lieblose Möbel und viel Leere.

Mit Personen wiederum ist es so, dass man auch an den fremdesten Orten sein kann. Wenn die richtigen Menschen da sind, kann auch ein ferner Ort für einen kurzen Moment zum Zuhause werden. Bisher ist Iona hier die Einzige, die dieses Geborgenheitsgefühl bei mir auslösen kann. Dabei kennen wir uns gar nicht richtig. Ist sehr verrückt sowas.

Wenn man dem Gedanken, dass Personen wichtiger sind, nachgeht, könnte man auch behaupten, dass es nicht auszuschließen sei, auch zuhause Heimweh haben zu können.

Wobei ich auch glaube, dass das Wort *Zuhause* und dessen Definition eine menschliche Erfindung ist. Manchmal nehmen wir Dinge für selbstverständlich, merken aber gar nicht, dass es das noch nicht immer gab. *Karrieren* sind ein gutes Beispiel. Wir haben sie irgendwann erfunden. Zurück zum Thema *Zuhause*: Es ist doch nur eine Beschreibung für eine Häufung von Gewohnheitsgefühlen, die ein Ort auslöst.

Ein Synonym für den Heimathafen, den immer gleichen Nenner, zu dem man immer zurück kehrt, die Sesshaftigkeit.

Wie so Vieles ist der Begriff menschengemacht und irgendwie nicht mehr, als ein großes ungreifbares Ideal. So fühlt es sich an.

Nach der ganzen Leere geht jetzt alles ziemlich schnell, hier auf Dearinish. Es ist Tag sieben.

Und es scheint, als sei gestern der Funke übergesprungen. Ich habe zu jeder Zeit darauf geachtet, mich gut zu geben, ein Gentleman zu sein, ein *ordentlicher* Typ zu sein. Was auch immer das ist.

Ich bin jetzt glücklicher Inhaber von Ionas Nummer, die ich gleich neben Kates Nummer geschrieben habe. Wieso sind wir Männer eigentlich immer in der Position, dass wir um Nummern kämpfen müssen, während wir unsere eigenen Nummern meist ohne Weiteres weitergeben würden? Testosteron? Wieso fällt es Euch Frauen so leicht, Euch rar zu machen? Seid Ihr denn so viel wählerischer, als wir es sind? Wenn ja, warum?

Könnte ja bedeuten, dass es von uns weniger

brauchbare Exemplare gibt, als von Euch.

Das Wetter ist trocken, aber windig. Das Meer treibt wieder, tost, prallt auf die Felsen und springt in die Höhe. Die Wolken sind löchrig und hinterlassen ein besonderes Schattenspiel auf den grünen Weiden, dessen Stille wiedermal einzig und allein vom Blöken der Schafe gebrochen wird.

Mein alltäglicher Rhythmus führt mich wieder hinaus. Hinaus über die Hügel, entlang dem Wasser, über die Felsen und irgendwann finde ich mich vor einer Kirche wieder.

Ihr Grundstück wird umrundet von einer alten Steinmauer, die mit Moos bewachsen ist. Sie ist an einer schmalen Straße, an der alte rostige Telefonmasten verlaufen.

Manche Grabsteine stehen gerade aus dem Boden, es sind die großen, dicken. Die alten und kleinen wiederum schauen schief aus der Erde. Kaum noch zu lesen, wer dort irgendwann mal beerdigt wurde.

Wieder ist mir der Tod vor Augen. Er braucht sich mir nicht einmal so bildlich zu zeigen, damit ich an ihn denke.

Ich muss zugeben, dass ich oft an ihn denke. An diesen dunklen Unbekannten, den jeder kennt, aber niemand getroffen hat. Es gibt Tage, da kann ich an nichts anderes als an meine oder die Sterblichkeit anderer denken. Sie flößt mir eine Heidenangst ein. Ob ich diese Angst wohl nicht hätte, wenn ich kein Heide wäre?

Gibt es den Tod? Ist er vielleicht nicht nur eine Abwesenheit des Lebens?

Wir alle müssen uns damit abfinden, dass wir uns irgendwann von diesem Leben verabschieden müssen. Den Löffel abgebend ins Gras beißen. Vielleicht so viele Dinge ungetan lassen müssen. Doch das spüren wir in unserem Alltag nicht. Vielleicht ist das auch gut so. Aber revidiert sich nicht auch der Wert der Zeit, wenn wir unsere Endlichkeit kennen?

Wenn wir wüssten, wann wir sterben, wie würden wir dann eine Stunde bewerten, eine Minute, eine Sekunde?

„Nothing is certain but death and taxes." [4]
(Nichts ist sicher, außer dem Tod und Steuern.)
   –   Benjamin Franklin.

Wie recht er doch hatte.

Aus Neugier trete ich ins Innere der Kirche, denn sie ist offen. Wieso werden Kirchen eigentlich immer so düster gebaut? Die Fenster sind winzig und nur sehr spärlich dringt Licht hindurch. Das vermittelt einem doch, dass Glaube gleichzeitig mit Schwere zutun haben muss. Ich setze mich in die erste Reihe der hölzernen Bänke, um ein wenig Stille aufzusaugen.

Ich erstarre, als ich merke, dass ich nicht allein bin. Ich traue mich nicht, mich umzusehen.

Ich höre nur, wie hinter mir jemand eine Treppe hinabgeht.

„Oh, da habe ich ja richtig gehört!", klingt es durch die kalten Gemäuer.

Ich antworte nicht, drehe mich aber jetzt um.

Es kommt der Pfarrer durch den Mittelgang, das erkenne ich an seinem Kragen. Zu meiner Verwunderung ist er sehr jung. Er ist nicht mehr als ein, zwei Jahrzehnte älter als ich. Sein Gesicht ist fast wie das eines Kindes und seine dünnen Haare hängen ihm die Stirn hinunter.

Kommentarlos setzt er sich neben mich. Dann fängt er zu sprechen:

„Wissen Sie, es kommen nicht oft Menschen hierher. Sie kommen nur, wenn sie sich schlecht fühlen. Ja, man kann sagen, dass ich es den ganzen Tag nur mit traurigen Menschen zu tun habe."

„Ich bin nicht traurig."

Ruhe.

„Dann kann ich nur annehmen, dass Sie hier sind um... Nun ja, in dem Fall weiß ich es nicht."

„Ich bin für die Stille hier", antworte ich kalt.

„Tut mir leid, dass ich Sie gestört habe. Hab gerade oben versucht, den Schaltkasten zu reparieren. Ich muss sowieso noch meine Predigt für morgen schreiben. Ich hoffe, dass morgen jemand zum Gottesdient kommt. Ist leider nicht immer so. Mal kommt keiner, mal kommen sogar zwanzig. Das hängt auch vom Wetter ab. Und die Tage, an denen ich umsonst eine Predigt geschrieben habe, sind zum Haare raufen."

Ich würde ihm gerne sagen, dass ich komme, hatte aber nie etwas mit Kirche am Hut. Dennoch denke ich viel über Religionen nach. Achja, und so früh steh' ich doch nicht auf!

„Dann drück' ich Ihnen die Daumen", sage ich.

„Danke, das ist ja fast so gut wie Beten."

Mir scheint es, als sein Humor dauerhaft an seinen Glauben und damit an ein Dogma gebunden. Der Humor von Gläubigen halt. Sie wissen selbst, dass das eine Unterstellung ist.

„Wenn Sie eine Predigt umsonst geschrieben haben, können Sie die dann nicht für die nächste Woche aufheben?"

„Nein, ich schreibe sie jede Woche neu. Das Einzige, das ich wiederverwerte, ist das *Amen*."

Er klopft mir beherzt auf die Schulter und geht wieder hinauf.

kapitel 19 – wiegenfest

Heute habe ich eine Stunde an dem Aussichtspunkt verbracht, bei dem Iona und ich letztens nicht waren. Um ihn zu erreichen, muss man einen verwachsenen Sandweg passieren, denn die Straße hört bereits nach wenigen hundert Metern hinter der letzten Ortschaft auf. Die Küste ist, wie an vielen Stellen, steil.

Das Land wird immer schmaler, es reckt sich ins Meer, bis zu einem winzigen Punkt an dem es endet. Es ist ein kleines Plateau in luftiger Höhe, an dem einen keine peitschende Welle erreicht und man sich wie der Herrscher der Gewässer fühlt.

Und *dort* stand ich. Ich schloss meine Augen und öffnete meine Arme.

Ich lehnte mich gegen den trockenen Wind. Spürte, dass mein Körper ihm ein Widerstand war. Manchmal ist es das Schönste, einfach nur *zu sein*. In einem besonderen Moment in Raum und Zeit. Zu spüren, wie einen die Winde umwehen. Wie einem die Natur das zurückgibt, was man im Leben längst verschwendet hat. Und das, obwohl sie, die Natur, gleichzeitig immer noch so ungeheuer mächtig und fast gewalttätig wirkt.

Für Minuten hielt ich meine Augen verschlossen und eine Energie durchfloss mich. Eine Energie, die mir keine Droge, kein Mensch der Welt geben könnte.

Ich stand auf dem äußersten Zipfel Land, dass diese Insel hergab. Und ich wusste: Das sind die äußersten Gefühle, die mein Körper mir geben kann.

Später dann, es war wohl so gegen sechs, stand Iona unverabredet vor meiner Tür.

Sie hielt eine Flasche Weißwein in der Hand und gab ein „Alles Liebe zum Geburtstag, Ad!" von sich.

Ja, ich geb's ja zu. Jajaja, ich habe Geburtstag. Vierundzwanzig.

Sie umarmte mich und überreichte mir den mehr oder weniger edlen Tropfen.

„Danke....danke...Aber woher weißt du das?"

„Digitale Revolution!", grinste sie mich an.

Sie müssen wissen: Dieses Jahr war mir nicht nach Geburtstag zumute. Ich blockte alle Anrufe von Zuhause, ließ niemanden an mich heran und versuchte, den Tag einfach zu übergehen. Ich weiß nicht warum, vermute aber eine besondere Abneigung gegen mich selbst. Ich fühle mich wie ein Künstler, habe zwar meine Kunst noch nicht gefunden, aber jeder Künstler hat eine Grundportion Selbsthass in sich. Und gleichzeitig muss er besonders viel von den Produkten seiner Kreativität halten.

Das ist doch irgendwie paradox.

Zurück zu mir: Wenn man Geburtstag hat, dann ist das, als wenn man in den Spiegel guckt. Das war nichts, was ich in diesem Jahr aushalten konnte.

Ich lehnte jede Form der Selbstdarstellung ab, all dieses Inszenierte. Ich musste nicht dauernd daran erinnert werden, wer ich bin.

Ich wollte selbstlos sein. Und dort stand Iona nun vor mir, mit ihrer Flasche Wein, die mittlerweile mir gehörte und lächelte mich erwartungsvoll an. Natürlich sagte ich ihr, wie lieb ich es fand, dass sie das wusste und an mich gedacht hatte, aber innerlich wollte ich nichts von diesem Tag wissen. Ich ärgerte mich. Dennoch war ihre nette Geste nicht zu vergleichen mit der Geste eines Verwandten.

Ein Verwandter kennt dich dein Leben lang, hat jede Phase deines Lebens mitbekommen, auch jede schlimme.

Aber was dort vor mir stand, war keine Verwandte. Es war eine junge Frau, die mich einfach nur nett fand. Zusammenhangslos.

Ich war für sie nichts weiter als ein netter Typ, den sie vor ein paar Tagen kennengelernt hatte, dem sie gerne eine Flasche Wein schenken wollte. Oder sie wollte einfach mittrinken. Kann natürlich auch sein.

„Ich will nicht bestimmen, was du an deinem

Geburtstag machst, aber so wie es aussieht, machst du gar nichts. Tu' mir einen Gefallen und komm' mit." Wieder ein hoffnungserfülltes Lächeln. Mensch, ist die selbstbewusst. Aber nicht so kühl dabei, das mag ich.

Ihre Art gefiel mir also, doch passten mir irgendwelche Aktivitäten gerade gar nicht.

Ich fuhr einen kleinen Moment durch meine Haare, willigte aber dann ein. Was hatte ich mir da doch eingebrockt? Weiß der Geier, wohin sie mich nun schleppte.

Sie entführte mich in ein kleines, exklusives Restaurant, von dem ich nicht wusste, dass es existierte. Irgendwo in den Hinterstraßen Barkin Bays. Gemacht für die gehobene Klasse, gemacht für..., ehrlich gesagt, für spießige Menschen.

Aber Iona schien mir alles andere als spießig. Genau deswegen fragte ich mich, warum sie wollte, dass wir hierhin gehen.

„Es ist das einzige Restaurant, ganz einfach. Aber hier hat man seine Ruhe, weil es den meisten hier zu teuer oder zu antiquiert ist. Keine Angst, wir gehen später noch in den Pub", beruhigte sie mich.

Irgendwie war es auch interessant, mit ihr gerade hier zu sein. Es hatte eine gewisse Schnulzenatmosphäre als wir das Lokal gewissermaßen zweckentfremdeten.

Wie die Filmszene eines Paars, das eben noch in der Oper war und sich jetzt in Frack und Abendkleid Chicken Wings bei *KFC* reinpfeift. Nur andersrum.

Denn wir aßen wenig und leerten sofort die eigene Flasche Wein, was von skeptischen Kellnerblicken beäugt wurde. Es war also irgendwie unsere Art der Rebellion gegen das Establishment, uns über diese Art der Spießigkeit lustig zu machen.

Ich muss schon sagen: Es schien, als käme ihr mein Geburtstag gerade recht zum Feiern. Wir hauten richtig rein und bestellten noch eine zweite Flasche. Es war die Definiton eines geselligen und anschaulichen Abends. Irgendwie romantisch, aber mit wenig Datecharakter.

Das erste Mal entdeckte ich eine zweite Seite an ihr. Ich wusste, sie ist eine *Pferde-stehlen-Freundin*.

Bisher war sie eine kleine, süße, junge Frau. Jetzt wurde sie zu einer guten Freundin. Wir spaßten herum, regten uns über Unsinn auf, lachten über Irrsinnigkeiten. Es war eine Belustigung im Kerzenlicht. Als wir etwas zu laut für das hiesige Restaurant wurden, wechselten wir ins *Mcintyre's* und waren auf dem Weg dorthin wie zwei betrunkene Kumpel, die sich aus der Welt einen Spaß machen wollten.

Mein Geburtstag wurde doch noch zu einem schönen Tag. Und das, ohne an mich selbst zu denken. Kann ab jetzt nicht jedes Jahr so sein? Und nun wartet mein warmes Bett auf mich. Wenn ich die Augen schließe, fängt sich alles an zu drehen, doch das ist auf irgendeine Weise unterhaltsam.

„Iona? Ich hab' gerade an dich gedacht...Gute Nacht."
(Absender: Adrian Winter
Empfänger: Iona Fergusson
05. Oktober, 02:34 Uhr)

kapitel 20 - beziehungsweise

Langsam schöpften sich die Dinge, die man auf Dearinish machen konnte, aus. Ich hatte jede Ecke einmal gesehen und irgendwann stößt man dann ja an die Grenzen. Dass dies auf einer Insel sehr bildhaft passiert, ist klar. Und das Land wirkte, als dränge es einen immer an die Küste, weil es in der Mitte von Hügeln ausgefüllt wurde.
Ich hörte immer mehr Musik. Sie dürfen drei Mal raten *wen*. Ich hatte Katie Meluas Musik richtig lieb gewonnen, auch wenn ich sonst eher härtere Musik bevorzuge. Zuletzt schwankte ich nur noch zwischen ihr und Alice Cooper

oder Led Zeppelin. Ich mag Extreme.

Wann immer sie Zeit hatte, waren Iona und ich zusammen. Ich sah es als eine Natürlichkeit an, Zeit mit ihr zu verbringen. Viel zu oft zwängen wir uns in Konventionen, in ein Gesellschaftskorsett wenn es um die Kommunikation mit anderen Menschen geht. Manches *gehört sich*, manches *gehört sich nicht*. Wie mich das manchmal ankotzt.

Auch heute Abend saßen Iona und ich wieder im Pub. Ob die Leute schon Dinge über uns vermuteten? Und wenn ja, zu Recht? Ich muss zugeben, dass ich schon so manch erstaunten Blick einfangen konnte.

Ich liebte die Vorstellung, dass dort einfach zwei Menschen sein konnten, die sich grundlos alles über sich erzählen konnten. Ohne Intention, ohne Absicht. Warum sollte ich ihr auch nicht erzählen, was für ein Mensch ich sei und was mich zu dem gemacht hat, der ich heute bin?

Das Leben ist viel zu kurz, um sich zu zieren und jede einzelne existierende Kennenlernphase zu durchlaufen.

Es war wieder einer dieser Abende, an denen Enid, Donnies Frau, im Pub herumschwirrte und versuchte, jeden zu versorgen. Sie tat es immer mit einer gewissen Freude daran, andere fröhlich zu sehen. Hier und da hielt sie immer mal wieder bei diesem oder bei jenem Tisch, um ein paar Worte zu plaudern. Wieso auch nicht? Das *Mcintyre's* ist schließlich wie ein großes gemütliches Wohnzimmer.

Gerade hatte sie mit uns geredet und machte sich jetzt wieder auf, auf ihre Rundreise durch das Lokal.

Als ich erzählte, dass ich auch skandinavische Vorfahren habe, bekundete Iona mir ihre Aufmerksamkeit, indem sie immer kurz nickte oder länger Blickkontakt aufnahm. Dann erwähnte sie es in einem Nebensatz: „...Oh ja, mein Freund will auch immer mit mir dahin."

Was war das? „*Ihr Freund*"?

EIN Freund oder IHR Freund? Hat sie *ein* Freund oder *mein* Freund gesagt?

Ich weiß, den Unterschied macht nur ein einziger Buchstabe, doch Sie werden wissen, dass der Unterschied riesig ist!

Was meinte sie also? Das, was ich dachte oder das, was ich hoffte?

Mein Puls stieg und ich vergeudete keine Sekunde, um vorsichtig nachzufragen: „Ach, du hast einen Freund? Wusste ich gar nicht...", und versuchte total gelassen und überhaupt nicht geschockt zu wirken. Ich kann ja sooo schlecht lügen!

„Ja, Jordan", sie lächelte etwas müde.

„Oh."

Sie war sowieso schon auf dem Sprung und war nun dabei, sich von mir zu verabschieden. Sie umarmte mich wie immer und verabschiedete sich dann von Donnie und Enid. Sie ließ mich also allein, als meine kleine verträumte Welt zusammenbrach. Kaum schloss sich die Tür, durch die sie ging, wieder, bestellte ich bei Donnie: „'nen doppelten Edradour! Nein...am besten 'nen dreifachen!"

Mit einem Schluck verschlang ich den 60%-Single Malt, wie ein kleiner Junge, der seinen Hustensaft zu sich nimmt. Von nun an wurde es für mich zur Gefahr, direkt an der Quelle zu sitzen.

Gab es etwa *deswegen* erstaunte Blicke? Weil jeder verdammte Mensch, der hier lebt, wusste, dass sie einen festen Partner hat?

Und wie konnte sie das so kühl offenbaren, nachdem wir uns auf diese Art und Weise kennenlernten?

War ihre Zuneigung nichts weiter als meine Imagination?

Hatte ich zu viel interpretiert?

Irgendwann fand ich mich wieder. Im Dunkeln an der kalten See. Kopfschüttelnd.

Schweißgebadet versuchte ich, so nüchtern ich konnte zu analysieren, wie ich mich in all das hereinsteigern konnte. Ich klopfte mir andauernd auf meine Stirn.

Schon allein wegen der Art und Weise, wie sie auf mich zuging, nahm ich an, dass sie Single sei. Das heißt, unterbewusst ging ich davon aus, dass es auf etwas Festes hinauslaufen würde.

Ich hatte mich vergaloppiert. In meinen Gedanken war ich viel weiter als es die Realität zuließ.

Und mit diesen Gedanken stieß ich auf einen Widerspruch: War es nicht *ich*, der gerade noch kritisierte, dass es ja viel zu viele Kommunikationskonventionen gäbe und kritisierte, dass die Menschen so unfrei sind, wenn sie sich verständigen?

Im selben Moment verletzte es mich aber, oder vielleicht verwunderte es mich nur, dass Iona diesen, von mir gehassten Regeln nicht nachging und trotz ihres Partners offen zu mir war.

Das war meine egoistische Weltanschauung. Ich wollte der alleinige Inhaber von Ionas Zuneigungen sein.

Ich bin kein bisschen besser als all diejenigen, denen ich ihre Konformität vorwerfe. Letztendlich bin ich genauso unfrei, genauso geprägt von Konventionen und Vorurteilen. Ich wollte die Regeln für andere geltend machen, für mich aber nicht.

Ich, der doch immer wieder die Moralkeule schwingt, bin nun unglaubwürdig. Da haben

Sie's. Oh man, ich habe noch Einiges zu lernen in meinem Leben.

kapitel 21 - dramatiker

Wie soll ich nun vorgehen?

So tun, als wenn alles so ist wie vorher, auch wenn es das in meinem Kopf nicht ist? Oder ehrlich sein? Ehrlichkeit und Klugheit sind selten dasselbe.

Solange die Tatsache, dass dort ein „Jordan" ist, mich eifersüchtig macht, kann ich mich nicht vor meinen Gefühlen verstecken.

I Fall In Love Too Easily von Chet Baker sollte nun mein Soundtrack sein, auch wenn ich nicht oft Jazz höre.

Meine Stimmung ist unberechenbar. Ich weiß nicht, ob ich im nächsten Moment lache oder anfange zu weinen. Wahrscheinlich beides. Mir ist das zuzutrauen.

Zumindest ist es ein Vorwand, um raus zu gehen. Ich will niemanden Teil haben lassen an meiner Verstimmung. Und beim Rausgehen versuche ich Mrs. Miller ganz tröstlich und tapfer anzulächeln.

Ich gehe die ein, zwei Straßen aus Bánport hinaus, lege mich an der ersten unbeobachteten Stelle auf den Boden und beobachte die schnellen Wolken. Immer mit dem Klang irgendeiner Musik in meinen Ohren. Erst einmal möchte ich nichts mehr von dieser Welt wissen.

Gregory Porter's wunderschönes *Water Under Bridges* läuft nun. Und für einen kleinen Moment ist mein gebrochenes Herz genauso schön, wie mit sechzehn.

Das Lied handelt davon, dass man über etwas nicht hinwegkommt. Und, dass selbst die schlimmsten Tage mit jemandem immer noch besser sind, als Einsamkeit. Dass einen seine Erinnerungen festhalten und daran hindern, sich fortzubewegen.[5]

Ich bin nicht sauer auf Iona. Sie hätte es mir lediglich etwas früher sagen können. Ich meine, das hätte man doch dazwischen schieben können. Ein kleines „Bin nicht mehr zu haben.", „Mach dir keine Hoffnung!", „Bin sexuell gut bedient, aber danke!" hätte doch gereicht. Aber was soll's? Vielleicht war die Zeit auf dieser Insel nicht die beste, hat mich aber um eine Erfahrung bereichert.

Vielleicht bleibe ich noch ein, zwei Tage und verschwinde dann wieder von hier. Was will ich auch von Frauen, von denen ich nichts bekommen kann?

Andererseits bin ich zu sehr Dramatiker, um es ihr nicht doch noch zu sagen. Innerlich bin ich jetzt wirklich sechzehn und will ihr schlechtes Gewissen. Ich schreibe ihr eine kurze Nachricht:

Hey,
hast du Lust wieder was zu machen?
Würde gerne nochmal quatschen..
Ad

Danach weiß ich einfach nichts Besseres, als zu schlafen. Ich muss meinen Liebesrausch ausschlafen und nüchtern werden.

Ich wache wieder auf. Es ist neun Uhr abends. Ich liege einen kurzen Moment im Bett und bemerke die Stille. Dann erklingen wieder schottische Lieder von unten. Nach einem kleinen Schluck Restwhisky aus meinem Glas stülpe ich mir meinen braunen Wollpullover über und gehe nach unten. Vielleicht kurz Luft schnappen. Überprüfen, ob die Welt da draußen noch steht. Ob das Meer noch rauscht. Ob die Schafe noch blöken.
Am Ende der 14 Stufen, die ich jedes Mal abzähle, hält mich Grace Miller an.
„Mr. Winter, ist alles okay bei Ihnen? Vorhin wirkten sie so... Naja, so unglücklich. Sind Sie hier zufrieden mit allem?" Wieso müssen das immer alle mitbekommen?

„Mit der Unterkunft bin ich sehr zufrieden, vielen Dank."

„Und sonst alles im Lot?"

„Die Insel ist sehr schön. Nur..."

„Nur was?", unterbricht sie.

Wir setzen uns auf ihre weiß gestrichene Bank mit grünen Polstern.

„Nur... jemand von dieser Insel wirbelt meine Welt durcheinander."

„Es geht um Iona, nicht?"

„Langsam wird es unheimlich. Aber ja, Sie haben einen guten Riecher."

„Glauben Sie, Iona erzählt ihrer alten Grundschullehrerin nichts?", lächelt sie.

„Sie hat von mir erzählt?"

„Natürlich. Aber nichts, was Sie nicht schon wissen könnten. Das Mädchen mag Sie."

Ich lehne mich zurück und lasse meinen Blick wandern. Und fahre fort:

„Da gibt es aber einen Punkt, an dem ich nicht weiter komme. Und ich hatte mir schon ziemlich viel erhofft."

„Das geht uns doch allen so, mein Lieber. Ich bin auch nicht immer im Leben weiter gekommen.

Wissen Sie, natürlich liebe ich meinen Mann. Aber durchaus hätte ich mir auch ein anderes Leben vorstellen können. Doch das war nicht immer möglich, weil man nicht mit jedem genau so in Kontakt steht, wie man es gerne möchte. Von manchen will man mehr, von anderen weniger. An manchen Stellen kommt man nicht weiter, aber das ist ja nicht das Ende. Wissen Sie, ich kann mich da an einen hübschen jungen Mann erinnern. Schwarzbraune Haare und wunderschöne tiefbraune Augen. Es war der Spätsommer von 1968, in einem Urlaub in Portugal. Er war ein paar Jahre älter als ich, aber nur ein paar. Er hieß Martim und war Portugiese. Ein ganz feiner und aufrichtiger Mann. In dem Moment dachte ich, dass ich in ihm alles gefunden habe, wonach ich immer gesucht hatte. Aber wie sich herausstellte, war er verlobt mit Terésa, einer anderen, jungen, hübschen Portugiesin. Vielleicht war ich noch zu jung oder er fand mich zu jung, ich weiß auch nicht. Zumindest bin ich dann mit leeren Händen wieder nach Hause gefahren und habe dem lange nachgetrauert. Kurze Zeit später habe ich dann Matthew kennengelernt. Manche Dinge können wir nicht ändern, Mr. Winter. Ich hoffe, meine kleine Geschichte hat Sie nicht gelangweilt."

„Keinesfalls. Danke..."

„Wissen Sie, ein bisschen trauere ich ja sogar immer noch. Und wenn ich Sie so anschaue: Sie sind auch ein feiner Mann. Wissen Sie, wenn ich ehrlich bin, finde ich den anderen da auch nicht so nett. Ich nehme zurück, was ich eben sagte: Schnappen Sie sich Iona!"

kapitel 22 - zwei magneten

Sie hat noch nicht geantwortet. Selbst am nächsten Morgen nicht. Sie hat nie so lange auf sich warten lassen.

Es ist kurz nach halb zehn. Whisky zum Frühstück. Eine düstere und einsame Nacht war das. Zwar war es nicht sehr windig, doch räusperte sich immer wieder der Donner in der Ferne. Der Morgen ist genauso grau. Die Wolken sehen so dick und rund aus. Sie hängen so tief über der Insel, als wenn sie sich in jedem nächsten Moment entleeren könnten.

Es fühlt sich an, als wäre mein Magen so leer wie Ionas Versprechungen. Obwohl sie mir nie etwas versprochen hat.

Ich bin voller körperlicher Energie, kann mich aber nicht vergewissern, ob sie positiver oder destruktiver Natur ist. Ohne Jacke stehe ich draußen und fange an zu laufen. Ich laufe und laufe und laufe. Es fängt an zu gießen. Es ist kein Sommerregen mehr, es ist bereits ein kalter Herbstregen. Ich werde immer schneller, sprinte, laufe ohne Ziel immer geradeaus, will mich nur verausgaben. Will mich spüren.

Zum Glück sieht mich niemand. Ich sehe wohl aus wie ein aufgescheuchtes Huhn.

Ich laufe durchs hügelige Innere der Insel. Irgendwann quere ich eine Straße, zum Glück kein Auto weit und breit, laufe weiter, immer schneller und gerate dann an einen Zaun. Im nächsten Augenblick spüre ich ein Dröhnen. Ich schaue mich um, sehe aber nichts. Kommt das Dröhnen aus meinem Körper?

Im letzten Moment schaue ich nach oben und erblicke ein Flugzeug im Endanflug, das den Luftraum unweit über mir durchquert. Mit so einem bin ich hier angekommen. Meine Haare wehen im Luftzug der Propeller. Es landet kurz hinter dem Zaun auf der Asphaltbahn. Ich muss kurzatmig anfangen zu lächeln und stoße einen Adrenalinausruf von mir.

Ich hole mein Telefon raus und versuche Iona anzurufen. Der Beepton ist deutlich langsamer als meine Atemfrequenz. Niemand hebt ab, da kann ich noch so lange warten.

Ich trotte etwas enttäuscht zum nächstgelegenen Strand und setze mich in den Sand. Tue so, als wenn mich die Kälte des Bodens und der Luft nicht stört. Im Hintergrund hört man immer noch die Propellermaschine, bis sie in ihrer Parkposition steht und die Piloten den Treibstoffzugang kappen.

Als ich mich nach ein paar Minuten beruhigt habe, beschreite ich einen schmalen Pfad, der durch die wenigen Dünen zurück ins Grün führt. Ich halte mich am Wasser. Nach wenigen Augenblicken fällt mir eine Gestalt in mehreren hundert Metern Entfernung auf. Irgendwie dunkel. Sie kommt genau in meine Richtung, geht auf demselben Pfad. Wir kommen uns immer näher und beiderseits wäre es eine Schwäche, nun auszuweichen.

Dann bin ich nur noch etwa fünfzig Meter entfernt. Alles, was ich erkenne, ist, dass es ein Mann ist. Den habe ich irgendwo schon mal gesehen. Nachtblauer Mantel, graue Hose, Bart, lange braune Haare. Erst als wir uns so nah sind, dass wir uns grüßen, trifft es mich wie ein Schlag. *Und wie* mich da der Schlag trifft! Mr. Weltuntergang!

Wie hieß er noch gleich? Irgendwas mit H. Oder mit B? Nein, nein. Sondern... Frédéric!

Er grüßt höflich und fast fällt es mir schwer, ihn zu erkennen. Er ist so unglaublich anders.

Sein Bart ist etwas länger, das erste Mal sehe ich darin leichte Grauansätze. Seine schwachen Locken wehen ihm immer wieder vor seine blauen Augen.

Erst sehr spät fällt mir die Dimension dieses Zufalls auf. Sein Auftritt ist wie eine Marienerscheinung, zumindest so verrückt. Und auch irgendwie unheimlich. Da spült einen das Leben doch tatsächlich noch einmal an denselben Ort. Es wäre ja schon ein großer Zufall gewesen, ihn in der Metropole Edinburgh wiederzusehen. Doch hier in der schottischen Pampa... Was zur Hölle führt ihn hierher? Und was führt mich überhaupt hierher?

Als ich diese ganzen Gedankengänge hinter mir habe, ist er längst an mir vorbei. Was mache ich jetzt? *Was verdammt mache ich jetzt?* Ich bleibe stehen und schließe meine Lider. „Sowas passiert dir nicht zweimal.", denke ich und drehe mich um. Ich laufe ihm hinterher, ohne wie ein fanatischer Fan wirken zu wollen. Auf dem letzten Meter bemerkt er mich. Ich fange an:

„Frédéric, richtig?"

„Sie lesen also meine Bücher?"

Eigentlich schade, dass er sich nicht an mich erinnert.

„Nein, nicht ganz."

„Dann lesen Sie Klatschpresse?", fragt er.

„Nein. Vor ein paar Tagen...vor ein paar Tagen saßen Sie neben mir im Pub. In Edinburgh. Sie haben mit mir geredet."

„Sicher??"

„Ja, ganz sicher. Ich weiß nicht einmal Ihren Nachnamen."

„Ach, Edinburgh... Ich erinnere mich bloß an die hellichten Tage."

Er sagt das mit einem gewissen Humor.

Alle Menschen sagen immer, der erste Eindruck sei der wichtigste. Aber das hier zeigt doch, dass es nicht immer so ist. Man sollte nie den zweiten missachten. Denn was ich hier vor mir habe, ist ein Mann, der mir sympathisch ist. Und vor allem ist er ausgestattet mit reichlich Charisma.

„Ich will nicht neugierig wirken, doch mich interessiert, was sie gerade hier, gerade *hier* machen?"

„Well, ich sag's Ihnen, wenn Sie mir beweisen können, mich vor ein paar Tagen getroffen zu haben."

Er scheint einen gewissen Spaß an der Herausforderung, die er mir stellt, zu haben. Doch weiß er nicht, dass das eigentlich ziemlich einfach ist.

„Sie warten hier doch bestimmt nur auf die Apokalypse, um nicht alleine zu sterben, oder?"

„Ohh nein, das gilt nicht, das habe ich auch in einem meiner Bücher geschrieben."

Ich überlege erneut.

„Sie sind Hedonist", sage ich und lächele.

„Mh...", er ist skeptisch.

„Ach, kommen Sie schon. Was hätte ich davon, einen Fremden in der schottischen Pampa anzusprechen. Und wenn ich ein Fan von Ihnen wäre, dann wäre ich doch zu stolz, um zu sagen, dass ich Ihre Bücher nicht gelesen habe. Ich habe einzig und allein Gefallen an dem Zufall, dass wir uns noch einmal wiedersehen. Und das gerade hier, im menschenverlassenen anderen Ende des Landes, ein paar Tage später."

„Sind Sie wirklich sicher?"

„Natürlich, woher wüsste ich sonst Ihren Vornamen?"

„Mensch...Scheint ja wirklich ein Zufall zu sein. Obwohl ich mich nicht an Sie erinnern kann."

„Ich kann es sehr gut verstehen. Ehrlich gesagt waren Sie vor ein paar Tagen auch... etwas anders."

„Nun gut, ich wollte weg aus Paris. Das war ich dann auch, doch Edinburgh war mir immer noch zu...zu besiedelt, auch wenns hübsch ist. Dann bin ich hierher gelangt. Wie genau, das weiß ich auch nicht. 'Du bist hier um NIE-MANDEN zu treffen', das dachte ich vorher. Jetzt bin ich froh, hier Fremde zu treffen. Ist dann doch recht freakig hier. Irgendwie leer."

Sein französischer Akzent prägt seine Antworten.

„Wie heißt du?", fragt er mich und springt damit direkt auf's *Du* um.

„Adrian. Naja, eigentlich Ad. Seit wann sind Sie denn hier?"

„Gestern."

Nun stehen wir uns im schottischen Jenseits gegenüber und sind ein bisschen verlegen, wissen nicht, was wir sagen sollen oder wohin das hier jetzt noch laufen soll. Ich meine, man hat sich ja jetzt gesehen. Jeder Zufall ist vollkommen. Ich will schon „Okay, dann noch einen netten Tag!" sagen, doch er unterbricht mein Luftholen zum Antworten:

„Lust auf'n Bier? Oder was andres? Mein Mund wird irgendwie schon wieder trocken. Und das ist das Einzige, was gegen meine Kopfschmerzen wirkt. Ich hab schon alles probiert."

kapitel 23 – fragen über fragen

Manchmal, da wacht man nach einiger Zeit auf und ertappt das Leben dabei, wie es Dinge einfach passieren lässt.

Wie aus einem Halbschlaf erwache ich, finde mich zwar wieder, doch sorgt mein Umfeld für reichlich Verwirrung. Ich sitze um halb zwölf im *Mcintyre's*, kippe Bier mit einem mir wildfremden französischen Schriftsteller, der mir erstaunlich interessierte Fragen stellt:

„Was muss ein Buch ausmachen, damit du es gerne liest?"

„Als wie gefährlich stufst du Heldentum ein?"

„Wieso hängen wir so an der Liebe, obwohl sie im Endeffekt mehr Schmerz als Glück bedeutet und nicht ewig währt? Glaubst du überhaupt an romantische Liebe?"

„Was hältst du von amerikanischer Imperialpolitik?"

„Helfen Blasenpflaster wirklich?"

Auf all diese Fragen versuche ich gescheite Antworten zu finden, finde sie aber selten. Diese Fragen bringen mich dennoch zum *Hinterfragen*. Sie sind viel wichtiger als dessen Antworten.

In einer Welt wie dieser, die so unübersichtlich und wirr geworden ist, ist es nicht mehr der Status Quo allwissend zu sein, sondern die richtigen Fragen stellen zu können. Gleichzeitig entlarvt es jene, die propagieren, allwissend zu sein, es aber nicht sind.

Auf die Frage, was für mich ein gutes Buch ausmache, antworte ich: „Es muss autobiographisch sein", worauf er erwidert: „Jedes verdammte Buch ist autobiographisch!", und amüsiert lacht.

Frédéric wirkt wach, aufmerksam, engagiert, interagierend, reagierend und kommunikativ. Es ist, als führe er ein Interview mit mir. Er meint, es könne sein, dass er manches für sein neues Buch gebrauchen kann. Auf welche Weise er mein unsicheres und zögerndes Zusammengereime verwerten kann, ist mir schleierhaft. Und noch einmal muss ich den Zusammenhang zur ganzen Welt herstellen:

Es kommen gigantische Probleme auf diesen Planeten zu. Wissen wir doch irgendwie alle. Finanzmärkte, die wir nicht mehr beherrschen können, Hunger, Medienkrise und Medienrevolution zugleich, ein unendlicher Kapitalismus (in einer Welt mit endlichen Ressourcen), dann die daraus erfolgenden Ressourcenkriege, Militarisierung westlicher Politik, Klimaerwärmung etc. Das sind, um ehrlich zu sein, nur ein paar. Manchmal frage ich mich, warum diese Probleme hier die Wenigsten interessieren. Ich erkläre mir das damit, dass die Auswirkungen solcher Schwierigkeiten noch nicht in den Wohnzimmern der Menschen angekommen sind. Und solange das so ist, fressen wir uns gerne weiter um den Verstand und versauern in unserer Wohlstandsgesellschaft. Entschuldigen Sie meine harten Worte. Was anderes hilft leider nicht.

Ich glaube, die einzige Möglichkeit, um einen Ansatz für die Bewältigung dieser Probleme zu finden, ist miteinander zu reden. Genau so, wie Frédéric das tut. Worte sind besser als Bomben oder Drohnen. Wenn wir Frieden herbeibomben könnten, hätten wir ziemlich viel davon. Ist doch so.

Außerdem, wenn die Kommunikation zwischen

den Menschen im Kleinen, im Alltag, nicht funktioniert, werden die Konflikte auf großer Bildfläche auch keine Lösungen finden.

Und das sollte doch unser Ziel sein: Unsere Konflikte friedlich, ohne jegliche Gewalt auszutragen. Oder? Sonst verspielen wir unsere Chance, an ihnen zu wachsen. Das war ein kleiner Exkurs in die Welt der Probleme. Nein, in die Probleme der Welt.

Ich gebe zu, manchmal habe ich den Drang die ganze Welt verändern zu wollen und verzweifle jeden Tag daran, wie schlimm es um die Welt doch bestellt ist. Ist das die Definition von Weltschmerz?

Nach zweieinhalb Stunden trennen wir uns. Wir sind beide leicht angeheitert, tauschen aber keinerlei Informationen aus. Dies soll wohl ein einmaliges Zusammentreffen bleiben. Zum Abschied klopft er mir auf den Rücken und bevor er hinaus in den Regen geht und absichtlich sein Haupt nass werden lässt, frage ich ihn: „Sorry, wie ist dein Nachname?"

„Hachja...Die jungen Leute, sie wollen immer alles wissen. Ist ja auch gut so... Mein Nachname? Hach, weißt du, ich mag den Regen! Der ist so schön nass!" Er verschwindet aus der Tür. Es muss wohl Mysterien geben...

Das war ein kurzes, aber intensives Intermezzo.

Davon kann ich dann meinen Enkeln noch erzählen, das weiß ich jetzt schon.

Danke, Frédéric, dass du mich von Iona abgelenkt hast. Noch immer kein Zeichen von ihr. Und die Tatsache, dass ich *Love Her Madly* von *The Doors* im Ohr habe, macht es wenig besser.

kapitel 24 - aphroditen

Der Nachmittag vergeht nur langsam. Als ich die bereits vergangenen Tage Revue passieren lasse, kommt mir in den Sinn, Kate anzurufen. Es ist wie eine Fernfreundschaft. Wir lernen uns langsam näher kennen, ohne uns zu sehen. Und ich genieße es, beim Telefonieren draußen zu stehen und während ihrer Worte das Meer zu beobachten.

Ich frage mich, warum gerade ich das Glück habe, solche Menschen zu treffen. Menschen, die auf mich eingehen, nicht von mir abgeschreckt sind. Es gibt sie also doch. Außer Iona vielleicht. Denn ich habe wirklich keine Ahnung, warum sie sich nicht meldet. Seit gestern gehe ich alle Möglichkeiten durch, was ich falsch gemacht haben könnte. Fündig werde ich jedoch nicht.

Kate ist Ende zwanzig und Wirtschaftsassistentin in einer Marketingfirma und steht damit beruflich voll im Leben. Sie hat viel zu tun und wird verlegen, wenn ich sie frage, ob es gerade passt. Weil sie gutmütig ist, sagt sie ja.

So wie ich das mitbekommen habe, ist sie Single. Eines dieser Karrieresingle?! Sozusagen ein Wirtschaftssingle?

Ich finde, in einer Welt, in der wir so etwas wie Wirtschaftssingle tolerieren, sollten doch Wirtschaftsflüchtlinge auch drin sein.

Die Einen geben die Liebe für die Karriere auf, die Anderen ihr Zuhause für ein besseres Leben. Das Erste finde ich um einiges verwerflicher.

Relativ zusammenhangslos erzählt sie von ihrer lieben Großmutter, von der sie, wann immer diese kann, unterstützt wird.

Dieses Mal geht es mehr um sie, weniger um meine Sorgen. Das ist ein gutes Zeichen, obwohl ich nicht behaupten würde, dass ich jetzt weniger Sorgen habe als beim letzten Mal.

Dafür fühle ich mich nicht mehr so schuldig, weil ich sie mit meinem Kram belästige.

Ich gehe beim Zuhören im Grünen immer wieder meine Kreise ab, so telefoniere ich immer. Ich gestikuliere, obwohl mich niemand sieht.

Es scheint, als erkennt Kate das erste Mal auch für sich selbst einen Mehrwert in unseren Gesprächen. Sie fängt an, es als Ventil zu nutzen, schüttet ihr Herz aus. Ich brauche nicht einmal viel zu sagen. Ich muss ihr nur zuhören, denn das, was sie sagt, muss alles einfach mal raus.

Kate ist gewiss nicht einsam. Viel eher ist sie ziemlich *busy* und umgeben von einem großen sozialen Umfeld.

Doch entsteht mir der Eindruck, dass unter all diesen Leuten, die vielleicht allesamt erfolgreich und zuvorkommend und gutaussehend sind, keiner ist, mit dem sie reden kann oder der ihr zuhört. Je mächtiger die Positionen sind zwischen denen sie arbeitet, desto stärker die Oberflächen, die menschlichen Fassaden, die Posen. Wahre Freunde muss sie woanders suchen. Sobald Hierarchie besteht, gibt es Konkurrenz. Nun gut, ich kenne ihre Firma nicht. Keine Ahnung, wie das dort abläuft, doch weiß ich, wie Menschen sich verhalten. Und ich weiß auch, dass Hierarchien Sozialität stören können. Wie kann man denn auch reziproke Sympathien hegen, wenn der Karrierestatus immer zwischen einem steht?

Doch damit scheint Kate nicht die größten Probleme zu haben. Viel eher sind ihr jegliche männliche Annäherungsversuche zu vulgär. Zu einseitig und nur auf Körperlichkeiten aus.

Ich gebe ihr jedes Verständnis, kann aber auch die anderen Männer gut verstehen. Dazu muss ich sie nicht öfter als einmal gesehen haben. In den meisten Männern steckt ein Lustmolch. Vielleicht auch nur in mir. So etwas sagt man einer Frau natürlich nie.

Zugegeben, es gibt einen Grundkonsens unter Männern, der aber nie ans Tageslicht kommt. Überall betonen wir Männer, dass wir ja alle so verschieden sind, was in gewisser Hinsicht auch stimmt. Und doch, wenn eine enttäuschte Frau sagt: „Ihr seid doch alle gleich!", müssten wir ihr eigentlich, so manche Dinge betreffend, Recht geben. Ich wage mich auf dünnes Eis. Schnell die Flucht ergreifen!

Zumindest gebe ich den Frauenversteher und frage mich, ob ich das wirklich bin, oder ob ich nur eine Rolle spiele. Um ein perfekter Frauenversteher zu sein, müsste ich wohl eine Frau sein.

Man kann Frauen nicht verstehen, wenn man sie bewundert. Es ist, als könnte ich in jeder jungen schönen Frau eine Aphrodite sehen. Bin fasziniert von den Auren weiblicher Jugendlichkeit. Es ist wie magnetische Anziehung, wie Magie, die mich hinschmelzen lässt. Ich bin wohl einzig und allein dazu geboren, um polygam zu leben.

kapitel 25 - lewis

Der nächste Tag. Ein Schleier liegt auf Dearinish. Die Möwen kreisen, doch sieht man sie nicht. Auch heute fällt mir nichts Besseres ein, als meine Zeit im Pub totzuschlagen.

Trinker füllen ihre Leere mit Alkohol, Religiöse füllen ihre Leere mit Gott, Liebende füllen ihre Leere mit Romantik.

Ich bin ein gottloser Liebender, der trinkt. Trinke ich, weil ich liebe oder liebe ich, weil ich trinke?

Ich hörte, dass unsere Hormone maximal drei Jahre Verliebtheit durchhalten. Danach kann der hohe Dopamin- und Serotoninspiegel nicht mehr gehalten werden. Ist auch gut so, sonst würden wir ja auch verdummen. Ich bin keine drei Wochen verliebt, ich weiß nicht einmal, ob in Kate oder Iona, und schon bekommt meine Liebe einen tragischen Beigeschmack.

Ich hatte Ihnen doch von meinen Jugendlieben erzählt, nicht?

Nun, um das Kapitel zu Ende zu erzählen: Das was die Jahre danach kam, war nur bedingt besser. In jeder Hinsicht hielt ich mich auch in Beziehungen zurück, unterdrückte meine Begierden und verlor mich darin, andere Bedürfnisse zu erfüllen, statt der eigenen. Dabei gab es so viel Unerfülltes.

Ich war eingeengt, hatte nicht die Freiheit, die ich wollte, dafür zu viel Sicherheit.

Selten konnte ich darüber reden. Immer hatte ich Angst vor Verletzungen. Ich war feige, deshalb ließ ich es.

Aber all das Unglücklichsein wurde mir meist auch nur unter starkem Alkoholeinfluss klar, wenn überhaupt. Ich versteckte meine Wut, an der ich letztendlich eigens Schuld war.

Ich fühle mich mittlerweile wohl in meinem selbstmitleidigen Dasein. Denn seit ein paar Tagen ist einer dieser Tage, ich weiß nicht wohin mit mir, kann keinem Tag einen Sinn abgewinnen und flüchte mich entweder in Traumwelten oder in Süchte.

Vor dem Abend sind im Pub nur Stammgäste. Mittlerweile fühle ich mich, als wäre ich auch einer. Ich habe sogar mittlerweile einen Stammplatz am Tresen. Dieser wird heute nur von Enid besetzt.

Ich frage sie, ob sie Iona gesehen hat.

„Seit Tagen nicht", lautet ihre Antwort.

Ich seufze in mein Glas. Ihr tut es leid.

Außer mir und Enid sind lediglich zwei weitere Gäste dort. Sie sitzen beide in der hintersten Ecke, auf roten Polstern. Einer sieht sehr alt aus, der Andere nur etwas. Der Ältere, etwas greisenhafte, erhebt sich und erinnert mich dabei an den Mann der Queen. Der jüngere Alte bleibt mit seiner Pfeife zurück. Er ist bärtig, trägt ein hochgekrempeltes, kariertes Hemd. Ich frage Enid: „Wer ist das? Der, der noch sitzt."

„Ähm.. das ist Lewis. Lewis Cameron. Die Stimmungskanone", lacht sie leise.

Jetzt bin ich an der Reihe. Ich will den ersten Schritt machen. Es ist Zeit, meine sozialphobischen Zustände zu bekämpfen. Was habe ich zu verlieren?

„Ist er nett? Glaubst du, ich kann ihn ansprechen?", frage ich.

„Versuch dein Glück."

Ich schaue auf den winzigen Tisch vor Lewis, der wie ein Guéridon aussieht. Darauf steht ein fast leeres *Deuchar's*.

„Enid, gib mir zwei Bier", sage ich.

Sie zapft und schiebt sie mir vorsichtig rüber.

Beide nehme ich in meine Hände, verschütte ein wenig, wobei ich hoffe, dass dies unbemerkt bleibt. Ich gehe tapfer und unmissverständlich auf Mr. Cameron zu.

Dann beginne ich das Gespräch:

„Wohnen Sie hier auf der Insel?"

„Jap...", wirft er zurück.

Ich schiebe ihm das Bier herüber.

„Mögen Sie noch eins? Sonst trink' ich es."

Dabei lache ich.

„Joa...gib her."

„Kommen Sie denn auch von hier?"

„Nö...vor 11 Jahren hierher gezogen."

„Wissen Sie...Ich liebe den Geruch von Pfeifen!", und schleime mich bei ihm ein.

„Deswegen rauche ich ja auch Pfeife."

Seine Antworten sind kurz und stumpf. Das macht es mir unmöglich, eine Unterhaltung aufzubauen. Ich nehme von meinem Bier, um mein Schweigen zu verdecken. Und noch einmal. Und noch einmal. Und noch einmal.

Dann fängt Mr. Cameron an zu reden:

„Diese Welt ringt so oft und so sehr um schnelle Worte, dass sie einem manchmal ausbleiben. Deshalb kauft man sich Pfeifen. Um für seine Gedanken und Antworten mehr Zeit beanspruchen zu dürfen."

Nun lasse *ich* meinen Mund geschlossen. Ich kratze mit meiner Hand über meinen Bart und verliere meinen Blick.

Wie aus dem Nichts lächelt er mich nun verschmitzt an, was den ein oder anderen schiefen Zahn offenbart. Diese Art von Schelmenhaftigkeit gewöhnen sich die meisten von der Pubertät an ab. Bei manchen kommt sie im Alter wieder.

Sein Bart ist gepflegt, erinnert jedoch von der Form her an ein Magnetfeld, das sich von seiner Nase wegspreizt.

„Junge, wie alt bist du denn?"

„Gerade 24 geworden."

„Und was machst du dann hier?"

„Das weiß *ich* am wenigsten. Wissen Sie, warum *Sie* hier sind?"

„Ich kam nach meiner Scheidung her. Dass seitdem über ein Jahrzehnt vergangen ist, kommt mir lächerlich vor. Ich hab hier ein Haus, meine paar Wiesen, meinen Hund und meine Schafe. Die züchte ich. Interessierst du dich für Bücher?"

„Klar, wenn sie gut sind."

„Ich verdiene mir manchmal noch etwas dazu."

„Also schreiben Sie Bücher?"

„Nein, ich binde sie. Bekomme aber eher selten Aufträge. Ich kann dir später mal zeigen, wie man das macht."

„Wohnen sie denn weit von hier?"

„Östlich von Barkin Bay. Außerhalb des Ortes. Ich hab mir da eine kleine Werkstatt in mein Haus eingerichtet."

Ich bejahe. Für ihn. Buchbinderei interessiert mich nicht wirklich brennend. Wenn er eine Brauerei hätte oder eine Destillerie, das wäre was.

Lewis geht vor, hinaus. In einem kurzen un-beobachteten Moment befragt Enid mich:

„Du hast also tatsächlich ein Wort aus ihm

rausbekommen?"

„Ist das denn sonst schwierig?"

„Er ist immer mürrisch. Wird hier in den Dörfern ziemlich belächelt."

„Wieso das?"

„Naja, seine Frau ist ihm weggelaufen, jetzt hat er nur noch seine Schafe. Und sein dämliches Buchbinden", lacht sie.

Ich finde das eher tragisch.

kapitel 26 - schnittstellen

Iona geht mir nicht aus dem Hirn. Wenn ich meine Augen schließe, sehe ich sie. Wenn ich sie noch einmal schließe, sehe ich Kate. Wie Abdrücke auf meiner Netzhaut. Wobei es jetzt das Wichtigste ist, einen klaren Kopf zu bekommen. Ich muss meine Chancen abwägen. Und bei sachlicher Betrachtung sollte ich die ganze Iona-Geschichte aus meinem Kopf verbannen.

Sie ist vergeben. Punkt.

Bei den ganzen Gedanken komme ich mir vor wie der Riskmanager einer großen Firma. Ich berechne die Chancen und lasse damit mein Liebesleben aussehen wie eine nüchterne Wirtschaftsspekulation.

Kurz vor dem Abendessen kommen wir bei Lewis an. Sein Haus ist abgelegen. Das Meer sieht man nur von einer Stelle, sonst ist sein Heim umgeben von flachen Hügeln. Im Westen sieht man die Lichter Barkin Bays auf dem Meer schimmern.

Ein kleines, weißes Fischerhäuschen, bedeckt mit Reetdach und einem Holzschuppen als Anbau. Direkt über der Eingangstür beginnt bereits das Dach und selbst ich, der ich nicht der Größte bin, muss mich ducken, um hinein zu gelangen. Ich bin in einem anderen Jahrhundert angekommen. Die Fenster sind zu klein, um viel Licht herein zu lassen. Stattdessen zündet Lewis Kerzen und Petroleumlampen an.

Es ist, als sei ich in einem Traum alter Seefahrer, wie in den Geschichten von Robert Louis Stevenson.

Um uns herum kreist neugierig Lewis' Hund. Eine Beagledame namens Isabella. Wobei ihre Zuneigungsversuche von Lewis immer wieder zurückgewiesen werden, als wenn sie ihm immer im Weg steht.

Nachdem er ein rostiges Schloss öffnet, geleitet er mich dann in seinen Schuppen.

Im spärlichen Licht sieht man überall Ledercover herumliegen, die er anscheinend auch selbst bearbeitet und graviert. Dazwischen beschriebene und unbeschriebene Seiten von Büttenpapier.

„Manchmal schenke ich das Verwandten zum

Geburtstag. Irgendein selbstgebundenes Buch oder ein Notizbuch", erzählt er mir. „Am wichtigsten ist die Zusammensetzung der Materialien. Und natürlich ein bisschen Fingerspitzengefühl."

Stolz zeigt er mir alles. Das scheint sein *Ein und Alles* zu sein und er schildert mir begeistert, dass das ja nicht jeder drauf hat.

Dann folgt ein Crashkurs in Buchbinderei, bei dem ich mich, gallant wie ich bin, mehrmals schneide. Verzweifelt versuche ich das schöne Papier nicht zu versauen. Irgendwann muss ich aufgeben. Das ist die einzige Möglichkeit der Schadensbegrenzung.

Er will mich zum Abendessen dort behalten und ich will ihn nicht enttäuschen.

„Ich hab' hier nicht viele Freunde", eröffnet er das Tischgespräch.

„Aber dann hat man doch auch nicht viele Feinde, oder?", ergänze ich.

„Naja...Feinde hat man doch nur, wenn man den schon offensichtlich falschen Menschen einen Platz in seinem Leben einräumt."

„Haben Sie hier Feinde?"

„Von meiner Seite aus nicht. Auch, wenn ich jetzt nicht gerade höflich zu jedem bin."

Ich bin mutig und versuche zu analysieren: „Könnte es nicht sein, dass die anderen nur auf *Sie* reagieren?"

Auf meine unverschämte Frage bekomme ich keine Antwort.

„Wo bist du untergebracht?", will er wissen.
„In Bánport. Wieso?" Er kommt zur Sache:
„Zieh doch ein paar Tage hierher. Dann sparst du etwas Geld. Ich kann hier immer etwas Hilfe gebrauchen. Draußen bei den Schafen. Und mein Haus ist zwar klein, aber immer noch zu groß für mich."
Für ein paar Sekunden halte ich die Stille aus, dann antworte ich: „Ich werde nicht mehr viele Tage hier sein." Das habe ich soeben beschlossen. „Aber ja, das könnte ich machen."
Dabei denke ich mir, dass der Mensch ja von neuen Erfahrungen lebt. Also leiste ich dem alten, griesgrämigen Mann und seiner Beagledame in meinen letzten Tagen hier ein wenig Aufmerksamkeit. Ich habe ja sowieso nichts Besseres zu tun.

Nach dem Essen zeigt er mir sein kleines Gästezimmer. Sorgfältig eingerichtet, als wenn er zu jeder Zeit Besuch erwartet. Doch kommen tut niemand.

Unsere kleine Übereinkunft ist in gewisser Weise mutig. Er lässt einen wildfremden jungen Mann in sein Haus, von dem er nicht weiß, ob er womöglich ein Dieb, ein Drogendealer oder ein Axtmörder ist. Und ein junger Mann begibt sich in die „Obhut" eines älteren, suspekten Mannes, von dem er nicht weiß, ob er nicht womöglich todlangweilig ist. Ich gehe eindeutig das größere Risiko ein!

kapitel 27 – ich, der idealist

Mrs. Miller ließ mich schweren Herzens gehen.

„Sehen Sie sich bei Lewis gut vor. Und bleiben Sie an der Kleinen dran."

Ich überlegte, wie ernst ihre Warnung gemeint war. Ihren zweiten Satz verneinte ich wiederum. Natürlich nur innerlich.

„Ich werde Ihr Essen vermissen."

„Wenn Sie wollen, können Sie auch weiterhin zum Essen hierher kommen."

Einen Moment überlegte ich und entschied dann: „Tut mir leid, das kann ich Mr. Cameron nicht antun."

Darauf kam ein: „Ach, der muss auch mal wissen, wie das ist", zurück.

Es war nun ganz offensichtlich, ich begab mich zu keinem beliebten Menschen.

Lewis, der heute deutlich heiterer aussah, erwartete mich bereits in seinem kleinen Auto. Durch seinen Rauschebart zeichneten sich seine Grübchen ab. Isabella begleitete ihn auf seiner Rückbank und drehte sich mehrmals im Kreis, bevor sie auf den grauen Stoffsitzen Platz nahm.

Heute schien Lewis' Glückstag zu sein. In seinem Auto lief eine alte *Gary Moore*-CD. Und damit meine ich nicht eines der leiseren Stücke (wie *Still Got the Blues*), sondern eins wie *Too Tired* oder *Oh Pretty Woman*. Bei letzterem verfiel ich in einen kurzen Tagtraum. Schnitt.

Schnitt | Ich hörte nur die herausfordernden, anreizenden Sounds des Liedes und sah mich in einem Bett liegen. Ich sah Kate in schwarzen Dessous über mich herfallen. Die schreienden und verzerrten Gitarrensounds unterstützten nur unser Unterfangen. Wir rekelten uns auf hellen Laken und für eine Sekunde, wie ein Flimmern, wurde das Gesicht von Kate zu Ionas. Daraufhin wurde Kate wieder zu Kate und ich dachte mir, ich bin nicht einmal mit Kate zusammen, und schon betrüge ich sie in meinen Gedanken. | *Schnitt*

Ich wachte wieder auf und hoffte, dass Lewis keinen Schimmer von meinem Wegtreten bemerkt hatte. Er schmunzelte mich nur an und ich wusste nicht, ob das von seiner Stimmung oder meinem Tagtraum kam.

Später, als ich mich dann in meinem Zimmer niederließ, ich fühlte mich mittlerweile wie ein Nomade, wurde meine Stimmung zerstört: Anruf meiner Eltern.

„Wieso hast du dich so lange nicht gemeldet? Geht es dir gut? Ein Anruf hätte 'ne Minute gedauert und dann wäre alles ok gewesen."

Nein, ein Anruf hätte mindestens 'ne Stunde gedauert!

Kurz schilderte ich, was ich so mache. Darauf bekam ich eine Typisch-Eltern-Antwort: „Mach doch was Anständiges! Kümmer' dich doch mal um 'nen Job!"

Das waren ähnliche elterliche Phrasen, wie die anderen, die sie sonst immer benutzen: „Solange du deine Beine unter meinen Tisch stellst,...!", „Wenn du das machst, dann...", „Was sollen denn die Leute denken?", „Wie sagt man...?", „Andere Leute wollen um diese Uhrzeit schlafen!", „Andere Mütter haben auch schöne Töchter." (sehr oft in der Pubertät gehört) oder: „Zum letzten Mal...!" (Wir alle wissen, dass es nicht das letzte Mal sein wird.) Oder wie mein Vater öfter sagt: „Ja, wo landen wir denn damit? Im Anarchismus!"

Alles Phrasen, um dem Kind so etwas wie „Anstand" beizubringen, doch letztendlich wird es den Anstand nichts weiter als zu hassen lernen.

Meine Eltern werden alt. Das merke ich bei jedem Gespräch. Irgendwann, da versuchte ich, sie verzweifelt von meinem Handeln, dem Handeln eines erwachsenen Menschen, zu überzeugen. Ich erzählte, dass ich das tue, um mich zu motivieren, um ein bisschen Raum zu gewinnen, um meinen Willen zu finden. Die Antwort meiner Mutter: „Allein gute Absichten belohnt dir das Leben nicht."

Wie weit muss es gekommen sein, dass es immer um eine *Belohnung* geht?

Ich verstehe wie der Satz gemeint ist, aber in meinen Ohren klingt er sarkastisch.

Von verschiedenen Psychoanalytikern hörte ich, dass wir die Empathie wieder erlernen müssen, da sie uns meist aberzogen wird. Wie auch sonst in einer Ellenbogengesellschaft?

Es gibt Eltern, die erziehen ihre Kinder so, dass sie ihre Empathie ihr Leben lang unterdrücken können und blindem Gehorsam unterliegen.

Ich habe mich von meiner autoritären Erziehung frei gemacht, das glaube ich zumindest. Denn nichts ist so unkreativ wie Gehorsam. Er ist gar destruktiv, durch und durch hierarchisch und erzieht nicht zu einem selbstständigen und vor allem selbstdenkenden Menschen. Das ist meine Sicht der Dinge. Vergeben Sie mir, dass ich noch so jung bin und es mir noch leisten kann, Idealist zu sein.

kapitel 28 - donnerwetter

Den Vormittag lang lag ich auf meinem neuen Gästebett. Immer wieder schaute ich mich in meinem Gästezimmer um. Es war, als wenn Lewis die Einrichtung aus einer Wohnzeitschrift geklaut hätte. Es war einfach viel zu harmonisch für den Haushalt eines alleinlebenden Mannes. Mit all den Tischdeckchen, den blumigen Gardinen, den farblich passenden Sitzkissen.

Nachdem mich der Alte dann nachmittags richtig gefordert hat, indem er mich bei feuchtem Nebel in einer britischen, ähm, schottischen, Landlordverkleidung den Stall ausmisten, das Futter tragen, die Schafe scheuchen und die Zäune reparieren ließ, war ich reichlich ausgelaugt. Zumindest er hatte sich sichtlich darüber amüsiert, ein so hilfloses Exemplar wie mich zu sehen.

Daraufhin heulte ich mich 'ne halbe Stunde lang bei Kate aus, was ihr offensichtlich leid tat. Die Übung aus meiner Jugend beherrschte ich noch gut. Nichts ist für mich so einfach, wie das Mitleid eines weiblichen Geschöpfs zu erlangen. Ich weiß, Mitleid ist nichts Andauerndes, aber es verschafft kurzfristige Anerkennung.

„Fühlt man sich eigentlich irgendwann wirklich erwachsen?", fragte ich Lewis nach dem Abendessen.

„Nie."

„Aber wieso nicht? Wieso ziehen alle immer so eine klare Linie zwischen Kindern und Erwachsenen?"

Lewis hatte sich nun eine Pfeife angesteckt.

„Es gibt keine Linie, keinen Scheitelpunkt. Ich hab' mich nie erwachsen gefühlt. Nur alt. Und wer Glück hat, der fühlt sich reif. Du kannst gar nicht so schnell gucken, zwischen dem Geburtstag, an dem du noch stolz auf dein Alter bist, und dem, an dem du dich bereits über dein hohes Alter beklagst."

„Wann hat das denn bei dir angefangen?"

Er guckte nach links oben, um sich an jene Jahre der Veränderung zu erinnern.

„Weißt du, da gibt es kein bestimmtes Jahr. Mit 20 denkst du: Oh super, das Leben liegt vor mir. Mit 25 denkst du: Verdammt, ich sollte langsam wissen, wohin der Dampfer fährt. Mit 30 denkst du: Sollte ich nicht langsam mal sesshaft werden? Mit 35 denkst du: Also, das mit den Kindern wäre jetzt auch mal ein Thema. Mit 40 denkst du: Wieso habe ich mir die Kinder angetan?!"

„Du hast Kinder?"

„Ja, eins." Er versuchte, seine Antwort in seinem Räuspern und dem Pfeifenrauch untergehen zu lassen.

„Wie alt ist es? Und wo lebt es?", fragte ich.

„Hör mal, was wird das?"

Ich überhörte und blieb standhaft: „Bereust du es denn?"

„Das habe ich anfangs. Jetzt nicht mehr."

„Hast du Kontakt?"

„Nein."

„Wieso nicht?", wollte ich wissen.

„Hör auf, diese Fragen zu stellen."

„Ich versuche nur, es nachzuvollziehen."

Er seufzte.

„Ich weiß nicht, warum ich keinen Kontakt zu ihr habe. Ihre Mutter fände das nicht gut. Sie hält mich für einen Widerling."

„Hast du dich denn so verhalten?"

„Natürlich habe ich nicht alles richtig gemacht. Es war meine erste Ehe. Wie soll man da alles richtig machen? Ich dachte, alles würde sich fügen, ich war dort noch gläubig und hatte Vertrauen nach oben. Doch die Liebe währte nicht ewig und wir trennten uns, als unsere Tochter zwei Jahre alt war. Dann kam die zweite Ehe. Und die hielt dann nicht fünf Jahre, sondern nur drei."

Dann trat das Knistern seines Ofens wieder in den Vordergrund. Ich überlegte, was für Brandschutzbestimmungen das Haus wohl hatte und befürchtete ständig das Abfackeln der Hütte.

„Und jetzt erzählst du mir dein Leben", sagte er.

Ich dachte nach. Versuchte mich an meine Kindheit, meine Jugend, an meinen Weg hierher zu erinnern. Nichts fand ich vor. Völlige Leere, völliges Vakuum.

Es war das erste Mal, dass mir auffiel, dass es eigentlich nichts über mich zu sagen gab. Ich kam mir vor wie ein Tier, das biographielos in jeden Tag hinein lebt.

„Tut mir leid, Lewis. Gibt nichts zu sagen."

„Nichts? Kein Wörtchen?"

„Mir fällt nichts ein, nein."

„Mh...na gut. Wenn du nicht weißt, wo du herkommst, dann erzähl mir, wo du hinwillst."

„Bei solchen Fragen? In ein Hotel!"

Ich hatte mir einen Spaß erlaubt, den Lewis offensichtlich nicht verstand. Er schaute traurig hinab.

„Nein, war ein Witz!", versuchte ich nervös aufzulösen.

„Ein Witz? Kann ich mir nicht vorstellen..."

„Natürlich war das ein Witz!"

Dann holte er aus: „Weißt du, alle meinen, dass sie auf mir herumtrampeln können. Sie reden hinter meinem Rücken, machen sich auf meine Kosten lustig. Dann denken die immer: Ach, der steckt das schon weg, vielleicht merkt er das ja nicht mal. Und dann lachen die sich eins! Aber soll ich dir was sagen? Ich merke ALLES!"

Ich blieb stumm und beobachtete die Schweiß-perlen auf seiner Stirn. Zornig warf er seine Pfeife zu Boden:

„Wen habe ich denn noch?? *Wen* habe ich denn? Hier ist mir *nie*mand wohl gesonnen. In den Menschen habe ich keine Freunde mehr. Kein Wunder, dass alle so über mich denken, ich denke ja *genauso über SIE*! Ich habe alles verlernt! Ich kann nicht mehr nett sein, nicht sozial sein. Ich werde zum Tier, ich bin ein Tier. Und von ihnen bin ich das Widerlichste! Ich kann mich nicht ausstehen!!"

Isabella verkroch sich unter dem Tisch und ich schaute hinab. Er stand auf und gestikulierte mit seinen wütenden Händen: „Manchmal weiß ich nicht, ob ich lieber mich oder die Welt im Klo hinunterspülen will! Eine *Scheiß*-Welt ist das! Ich hab's alles verloren! Zwei Frauen, ein Kind. Einfach alles! Was habe ich denn noch übrig? Das Leben hat mir alles genommen. ALLES, verdammt!

Dabei will ich doch nicht viel! Ich will doch nur eine Frau und einen kleinen verdammten Kreis an Leuten, der mal nett zu mir ist. Ist das zu viel verlangt? Ist das, verdammt nochmal, zu viiiel verlangt? Sag es mir! Ist das zu fucking viel verlangt?!?!"

„Nein", wisperte ich.

„Na also..."

Er atmete schwer und hob seine Pfeife wieder auf, die ein wenig Asche auf dem Boden verteilt hatte.

„Du hast nicht verlernt, sozial zu sein. Du warst nett zu mir", sagte ich.

Stumm nahm er zur Kenntnis, indem er mir dezent zunickte und noch einmal tief atmete.

Dies war eine Entladung, eine Entledigung, ein Gewitter all der Wut, die er in sich trug. Ein Mann, der nicht wusste, ob er lieber sich oder die Menschen hassen sollte.

Er hatte endlich jemanden, bei dem er sich auskotzen konnte. Und das alles wurde durch meinen harmlosen Witz ausgelöst. Ich hatte einen Nerv getroffen, hatte ihn gereizt und ihn zur Explosion gebracht.

Dabei waren seine Wünsche ja erfüllbar. Er brauchte nicht mehr als ein wenig menschliche Zuneigung. Denn die seines Hundes genügte ihm wohl nicht.

Ich stellte mein Geschirr weg, ließ ihn sitzen und verschwand in meinem Zimmer.

kapitel 29 – träum' weiter

Am nächsten Morgen wurde ich von dem Geklimpere von Geschirr aus dem Nebenzimmer geweckt. Ich hatte zuvor viel geträumt, war also ziemlich durcheinander.

Wie sonst auch, konnte ich mich der starken Wirkung meiner Träume nicht entziehen. An viele Einzelheiten konnte ich mich aber nicht erinnern, doch konnte ich mich daran erinnern, von wem ich geträumt hatte. Nur eine Szene war noch in meinem Kopf. Ich war bei meinen Eltern zuhause und versuchte ihnen zu erklären, dass Kate und ich zusammen seien. Ich bin bald ein Mittzwanziger, Kate jedoch ist das schon seit ein paar Jahren nicht mehr. Eigentlich eine seltsame Vorstellung. Besonders, weil unser Lifestyle nicht unterschiedlicher sein könnte.

Gerade als ein Pfannkuchenduft aus der Küche in mein Zimmer herüberwehte, klingelte mein Telefon.

„Hallo?"

„Hi. Hier ist Kate."

„Oh, hey! Sei froh, dass ich schon seit fünf Minuten wach bin."

„Tut mir leid, ich wollte dich nicht aus deinen Träumen reißen." Es wird gruselig!

„Schon okay, hast du ja nicht."

„Weswegen ich anrufe ist...Wollen wir uns vielleicht mal treffen?"

Treffen? Wie jetzt? Treffen? Hat sie *treffen* gesagt? Really?

„Treffen? Gute Idee. Das Problem ist nur, dass ich noch auf dieser Insel hänge."

„Kein Problem. Muss ja nicht sofort sein. Kommst du danach nochmal nach Edinburgh?"

„Ja, ich denke schon."

„Dann könnte man sich ja treffen. Ich kenne da 'ne nette Weinbar."

„Klar doch..."

„Freut mich. Dann lern' ich den Mr. Winter ja mal richtig kennen."

Uuuh, damit könnte sie Vieles meinen!

„Und ich Ms. Shaw."

„Wunderbar. Bis bald, Adrian!"

„Bis bald!" („Bis(t) bald Mrs. Winter!")

Ich wuchte mich dezent beflügelt aus dem Bett und folge dem Duft. Nach seinem Ausraster gestern, ist es mir etwas unangenehm Lewis zu begegnen. Jedoch steht er mit Schürze am Herd und brät gerade ein paar Speckstreifen, dreht sich um und empfängt mich mit erschreckender Fröhlichkeit.

„Oh, Adrian! Guten Morgen wünsche ich dir!"

„Ähm...guten Morgen??"

Er deutet auf meinen Stuhl, geht dann aber

selbst hin und zieht ihn zurück, damit ich darauf Platz nehmen kann: „*Hier*, setz' dich." Er lächelt wie ein Sonnenschein und bereitet sogar ein paar „Isabella-Hunde-Spezial-Pfann-kuchen" für seinen neben ihm hechelnden Beagle zu.

Er setzt sich zu mir, kann sich sein Lächeln nicht verkneifen, welches manchmal von freu-dig zu höflich wechselt, gibt aber keinen Ton von sich. Gestern bleibt somit unerwähnt. Damit ist sein heutiges Verhalten die einzige Kompensation für sein gestriges. Ich nehme ihm seine Wortkargheit nicht übel. Manche Menschen haben's halt nicht so mit dem Ent-schuldigen. Ich weiß nicht, vielleicht hat das mit dem Stolz zu tun. Vielleicht auch nicht.

„Was meinst du, wir könnten ja heute mal im Pub zu Mittag essen?", fragt er mich.

Ich bin erstaunt von seinen neuen Tönen.

Und so sitzen wir vier, fünf Stunden später in derselben Ecke des Pubs, in der ich ihn kennen-lernte und essen Fisch.

Es scheint alles wieder gut zu sein. Und viel mehr noch scheint Lewis sich einer Wandlung unterzogen zu haben. Ich meine sogar, beob-achet zu haben, dass er Ian, den Barkeeper, angelächelt hat, der darauf etwas verwirrt guckte.

Mein Hosenbein vibriert. Neue Nachricht:

Hey Ad,
Sorry, dass ich weg war. Komm bitte wieder zum Strand, wenn du noch hier bist. So gegen 14 Uhr?
Iona
(Absender: Iona Fergusson
Empfänger: Adrian Winter
11. Oktober, 13:19 Uhr)

Mein Herz wird zum Maschinengewehr. Lewis guckt mich fragend an, denn ich habe nicht auf seine vorige Frage geantwortet.

„Ist was? Du guckst wie Isabella, kurz bevor sie kotzt", stellt er fest.

„Ähm...die Nachricht ist von einem Mädchen. Sie will mich um 14 Uhr treffen."

„Es ist ja bestimmt nicht *irgendein* Mädchen, oder?"

„Ich hab' sie hier ein paar Mal getroffen."

„Nun geh' schon!", scheucht er mich.

Ich danke und bin nichts wie raus aus dem Laden. Ich vermeide, ihr zurück zu schreiben, nur um ohne Pause laufen zu können. Wenn ich gut bin, könnte ich das bis 14 Uhr schaffen. Nach wenigen hundert Metern bahnt sich der Schweiß über mein Gesicht. Immer wieder wische ich ihn mir mit meinem Ärmel herunter, damit er nicht in meine Augen läuft.

Das Seitenstechen beginnt kurz vor Bánport, dann kommt das Brennen im Hals dazu. Das letzte Mal habe ich das in meiner Schulzeit gespürt, als unser Sportlehrer uns um den Sportplatz jagte.

Ich muss immer öfter Pausen machen und hechele wie ein erschöpfter Hund. Um kurz nach 14 Uhr gelange ich an den Strand von Tiarden. Kein Mensch weit und breit. Ich drehe mich um 360 Grad, sehe niemanden in meinem Blickfeld, der Horizont ist leer. Erschöpft lasse ich mich auf einen Felsen fallen und gucke ins graue Meer.

Jemand tickt mir auf den Rücken, ich kann mich kaum umdrehen und schon presst sie ihre Lippen auf meine.

Es ist ein Moment der Vollkommenheit. Ich bin im Rausch, die Zeit hält an, die Ekstase hat mich. Es ist mehr als ein Kuss, es ist eine Offenbarung. Naja, zumindest so lange, bis sie mich etwas fragt: „Ist das Fisch?"

Ich nicke bekennend und wir beide brechen in Gelächter aus. Ich liebe ihren Sinn für Romantik.

Im nächsten Moment überrascht mich ihr Handeln. Denn sie reißt sich all ihre Kleiderschichten vom Leib. Sie will es doch nicht HIER tun? Hier, wo es jeder sehen kann? Im nassen Sand? Im Oktober?

„Los, mach mit!", sagt sie.

„Aber wir können doch nicht *hier*...!"

Sie lacht. „Los, mach!"

Ich willige ein und wir beide ziehen uns bis auf die Unterwäsche aus, bis sie meine Hand nimmt und mit mir losrennt.

Erst dann merke ich, dass sie mit mir ins Meer will. Ich Depp!

Wir rennen immer schneller, sind wie zwei verrückte Teenager. Beim Laufen spielen sich bei mir dieselben Gedanken ab: Ok-to-ber!!

Aber ich muss es tun. Jetzt einmal ein Mann sein, ich kann es unmöglich sein lassen und schon...Wuuuuusch...

Die Wogen ergreifen uns. Es ist, als wenn ich einen Adrenalinanzug trage, denn mein Rausch schützt mich vor der Kälte.

Es ist einer der winzigen Sekunden, in denen ich spüre, wie es ist, zu leben. Nichts trennt mich nun mehr vom Dasein, kein Filter, kein Polster. Die Wellen spülen uns hin und her. Als uns die Kälte am Ende doch kriegt, versuche ich, nicht wie ein kleines Mädchen zu jammern. Als Mann ist das schwer!

Doch wir sind glücklich und lassen uns auf den Sand fallen und machen dort weiter, wo wir aufgehört haben. Was für ein Tag.

kapitel 30 – genesis

Mein Leben geht wieder weiter. Iona ist ein wahrer Defibrillator! Nur *leider,* oder viel eher *zum Glück,* nicht an jeder Straßenecke zu finden. Jetzt, wo sie mein ist, mag ich ihre Seltenheit. Aber nein, besitzen werde ich sie nie. Sie schenkt mir nichts weiter als einen Monopol auf ihre Zuneigung und ihre Zeit.

Ich fühle mich wie ein Junge am lang ersehnten Weihnachtsmorgen, der seine neuen Geschenke auspacken und ausprobieren will. Wobei ich das letzte Nacht ausführlich erledigt habe.

Sie werden vielleicht denken: Klingt, als wenn die beiden jetzt zusammen wären!

Ganz richtig, sie hat die Tage ihrer Abwesenheit genutzt, um sich von Jordan zu trennen. Ich würde nur zu gerne wissen, ob es mit mir zutun hatte. Zumindest hatten die beiden recht viel Streit und haben (letzt-)endlich entschieden, sich zu trennen.

Sie war nicht zurechnungsfähig, sagte sie. Armes Ding. Mir fiele es nicht leicht, so schnell zwischen zwei Partnern zu switchen.

Mein Gewissen käme mir in die Quere. Aber sie hätte mich weder treffen, noch hätte sie mich küssen müssen. Das war ihr Ding. Wirklich, das war ihr Ding.

Passend strahlt die Sonne. Nur am Horizont

sieht man winzige Wölkchen. Das Meer ist ruhig wie nie. Es ist glasklar und schwappt langsam an alle Ufer.

Ich habe tief geschlafen, wie ein Kleinkind. Dass ich das ohne Alkoholpegel schaffe, ist selten. Ich bin neugeboren. Das ist mein Genesis.

Ich will mich ewig strecken als ich aus dem Bett aufstehe, ich bin verliebt in die Bewegung, verliebt in die Dynamik der Welt.

Ich weiß, ich schreibe wie ein Hippie und das müssen Sie jetzt ertragen. Aber irgendwer muss doch von meinem Triumph erfahren.

Ich würde es gerne in die Welt hinaus schreien, es an die Wände dieser Welt schreiben. Dieses Kapitel wird nichts weiter als eine Messe der Bewunderung, ein Mantra der Huldigung, eine Minute des *high*-Seins.

Ich setze mich zurück ans Bett, nur um den Moment ihres Erwachens zu erwischen, um ihre nussbraunen Augen zu sehen. Um zu sehen, wie sie mich sieht. Um zu sehen, wie sie sieht, wie ich sehe, dass sie mich sieht.

Um 09:29 Uhr ist es dann so weit! Ihre Lider öffnen sich, müde schaut sie mich an, ein bisschen benebelt. Zugegeben, das hatte ich mir schöner vorgestellt. Aber als sie ihre ersten Gedanken denkt, fängt sie an zu lächeln. Sie realisiert, so wie ich eben realisierte. Dann zieht sie mich ran, schließt mich in ihre Arme und sagt ihre wichtigsten Worte: „Danke, dass du bist."

Dass ich mir gestern einen Schnupfen geholt habe, interessiert mich herzlich wenig. *I Only Need Affection.*
Im Rausch sein ohne Alkohol. Darauf erst mal 'nen Sekt! Den trinken wir zum Frühstück. Aus der Flasche, versteht sich.
So sitzen wir also barfuß und recht leicht bekleidet im Wintergarten ihrer Eltern, die glücklicherweise im Urlaub sind, und reichen uns abwechselnd die Flasche zu.
Wir sind wie zwei Snobs in Bademänteln, die sich über den Nicht-Reichtum amüsieren. Das mag unfair klingen, doch definieren wir den Nicht-Reichtum nicht materiell. Nicht-Reichtum ist für uns die soziale Unbeschenktheit. Na gut, ist immer noch mies. Aber für fünf Minuten kann Dekadenz ganz schön sein. Lassen Sie uns doch unseren Spaß. Zwei frisch Liierte dürfen töricht sein.
Mittlerweile füllen wir uns gegenseitig ab, wobei sie mir versehentlich Sekt in die Nase schüttet. Löst aber leider nicht den Schnupfen. Schade.
Irgendwann ist die Flasche leer und wir erkennen, dass wir das leider nicht den ganzen Tag machen können. Also gehen wir wieder zurück

ins Bett und zelebrieren unsere Liebe. Das wird den ganzen Tag so gehen. Den Sekt schmecken wir schon gar nicht mehr. Wir leben und lieben in unserem eigenen Kosmos. Es ist ein Kokon der Wärme, alles andere als ein Vakuum, ein Raum voller Sinneserregung.

Als unsere Kräfte schwinden, schlafen wir wieder ein.

Abends dann, unsere Kräfte sind wieder da, duschen wir und schlüpfen in warme Klamotten. Wir gehen in der Dämmerung raus an den Strand, beobachten die Lichter der vorbeifahrenden Schiffe, tollen herum und halten uns die Hand. Sie hat sich einen Zopf gebunden, was es mir leichter macht ihren Kopf zu halten, während ich sie küsse. Ihr Lächeln ist so schön. Vermutlich weiß sie gar nicht wohin mit all ihrer Aura.

Sie schmiegt sich in wortlosen Momenten an meine Schulter, es ist so neu für mich, es sind nach all diesen Beziehungen wieder erstmalige Gefühle und unbeschadete Empfindungen.

Am Ende des Abends, wir führen Gespräche über Dies und Das, kriege ich sie dazu, ihr morgen Lewis vorzustellen zu dürfen.

kapitel 31 – das gewicht der welt

Einen Abend später saßen wir bei Lewis zu dritt zusammen. Ich hatte ihm von meiner Wendung zum Guten erzählt. Er freute sich durchaus für mich und lud uns zum Abendessen ein. Daraufhin kramte er seinen besten Pullover raus und machte sich fein, um einen netten Eindruck bei Iona zu hinterlassen.

Lewis hatte irgendeinen Braten gemacht, so richtig deftig halt. Und sie verstanden sich auch sehr gut. Lewis war etwas schüchtern, doch Iona stellte ihm immer wieder nette Fragen und wenn sie dann mal nicht hinsah, zwinkerte er mir zu, nach dem Motto: „Gute Arbeit!"

Mitten beim Verzehr beschlich mich ein plötzliches Gefühl der Melancholie. Ich konnte nicht anders, als mich ins Bad zu flüchten. Es schockierte mich, warum es gerade jetzt in mich hinein klang.

Um klar zu werden, wuchtete ich eine Ladung Wasser in mein Gesicht. Als ich dann in den Spiegel sah, erkannte ich, dass das Wasser von meinen Tränen ergänzt wurde.

Ich wurde schwach, fing an zu zittern und musste an die Zerbrechlichkeit der Welt und des Moments denken. Eigentlich hatte ich ja alles, was ich wollte, ich hatte mein Ziel erreicht. Doch wusste ich auch, dass dies nur ein Puzzleteil all dessen war, was es noch an meinem Leben zu reparieren gab.

Je mehr ich versuchte mich zusammen zu reißen, desto stärker wurde mein Tränenfluss.

Ich hatte mit dem Besuch auf dieser Insel meine Ängste bekämpft, hatte ein wunderbares Mädchen für mich gewonnen und neues Vertrauen in die Welt geschöpft.

Ich hatte eine solche Angst davor, in alte Strukturen zu verfallen, wenn ich wieder nach Hause komme.

Ich hatte ein schweres Gefühl im Magen, nein, es war nicht der Braten und ich versuchte es mit meinem Atem zu lösen. Es war, als spürte ich das Gewicht der Welt auf meinen Schultern.

Da war sie wieder - meine zerbrechliche Seite. Hello again.

Ich trocknete mein Gesicht und kehrte wieder in die kleine Runde zurück, wohlwissend, dass ich auffällig lange weg war.

Sie begrüßten mich wieder am Tisch, wobei sich Lewis noch einmal an seine Küchenzeile verabschiedete. Es war ein Lächeln auf Ionas Gesicht. Zumindest solange, bis sie in meines sah. „Alles ok?", mimte sie. „Was ist los mit dir?"

Tapfer antwortete ich: „Alles gut", und lächelte tröstlich.

Sie entdeckte ein Überbleibsel einer Träne auf meiner Wange und wischte es weg. Bedrückt nahm sie meine Hand und hielt sie unter dem Tisch. Ich nahm Isabella auf den Schoß.

Lewis kam wieder. Daraufhin sagte Iona zu mir: „Woll'n wir nen Moment raus?"

„Was ist denn los?", fragte Lewis.

„Ist alles gut. Ich brauch nur mal nen Whisky."

Lewis, in seiner Schürze, fing sofort an, nach seinem besten Tropfen zu suchen, als wenn es wichtige Medizin wäre, die ich dringend bräuchte.

„Ahh, da haben wir ihn ja", merkte er an und hielt eine üppige Flasche vor sich. Er schenkte mir ein ordentliches Glas ein und schob es herüber.

„Vom Braten kann sich schnell mal was verstimmen", schob er hinterher.

Das brachte Iona und mich zum Lächeln, was Lewis verwirrt bemerkte. Dann knurrte auch Isabellas Magen.

kapitel 32 - vogelfrei

*07:40 Uhr: *Klopfen an meiner Tür**

„Ad, bist du schon wach?"

„Mh? ... Jetzt schon."

„Hör mal, ich hab da was Schönes für uns organisiert."

„Uns?"

„Ja, für dich, Iona und mich."

„Und waaas?"

„Weißt du, Dearinish hat 'nen eigenen Ranger. Und ja... der heißt Timothy. Timothy Grant. Ein dufter Pfundskerl!"

„Und?"

„Ich hab schon ewig nicht mehr mit ihm gesprochen. War ja nicht so nett zu den Leuten. Aber durch meinen Ausraster letztens, bin ich ja aufgewacht. Will nicht mehr so schäbig zu den Leuten sein. Will nett sein. Und ich habe gleich bei Timothy Grant damit angefangen. Ein netter Kerl!"

„Und?"

„Er hat auch 'ne Frau und Tochter. Wie hießen die denn noch? Achja, die gute Sally. Die kommt aus Amerika. Und die kleine Mathilda."

„Nett. Und?"

„Der hat ein Flugzeug. So eine kleine Maschine. Mit Propellern. Ich hab ihn gefragt und er würde einen Rundflug mit uns machen."

„Echt? Klingt gut! ...aber Lewis?"

„Ja, was ist denn?"

„Ich will schlafen!"

Zwei Stunden später stehe ich in seinem Wohnzimmer und beobachte ihn, wie er liest, mit seiner Lesebrille, bis er mich bemerkt.

„Hab' ich das vorhin geträumt oder fliegen wir heute?"

„Ganz richtig. Wir treffen uns um halb vier."

Unsere Gesellschaft hat Lewis wohl gefallen. Vielleicht fand er einen gewissen Gefallen daran, die Jugendlichkeit in seinem Hause zu haben. Keiner kann sich vor dem Altwerden schützen, doch viele empfinden es als erfrischend, sich dafür unter junge Leute zu mischen. Ich bin mir sicher, er hat noch einige Jahre vor sich, doch hilft ihm das nicht. Man fühlt sich wohl einfach nur noch länger alt. Vielleicht reif. Aber nicht erwachsen. Diese pessimistische Voraussage kam ja von Lewis selbst. Ist es kindisch, zu denken, man sei erwachsen?

Zumindest werden Iona und ich ihm ein bisschen Gesellschaft leisten. Und dass er sich anscheinend nicht wie das fünfte Rad am Wagen fühlt, spricht für Iona und mich.

Es ist ein Dienstag. Es ist der erste Moment, in dem ich mir konkrete Gedanken über meine Abreise mache. Einen Rückflug habe ich nie gebucht, aus Ungewissheit. Ich werde dieses Mal die Fähre nehmen. Am Freitag. Drei Nächte bleiben, um all das Unerledigte zu tun und die Anderen darauf vorzubereiten.

Es ist mein 16. Tag. Plus drei macht also 19.

Timothy ist ein kräftiger Mann. Ich würde ihn zwar nicht als muskulös bezeichnen, aber als stark. Das gute Wetter glänzt auf seiner Glatze und seine Stirnfalten werfen kleine Schatten, als wir ihm am Flugplatz begegnen. Wir sind zuvor einen riesigen Umweg gefahren, um Iona einzusammeln und sind nun endlich dort.

Lässig lehnt er sich an seine weinrote *Piper Arrow* und begrüßt uns alle mit seinem verschmitzten Lächeln. Sein Händedruck ist druckvoll. Er muss hier wohl mittlerweile der Tausendste sein, der mir auch noch auf die Schulter klopft. Ich scheine bei all diesen Leuten, diesen Männern über 45, einen Sohnkomplex oder so auszulösen. Doch Timothy nehme ich das nicht übel. Bei ihm wirkt das viel eher wie eine Ermutigung.

Er trägt nichts weiter als eine braune Trekkinghose und ein weißes T-Shirt. Scheißegal, wie kalt es ist. Hauptsache, es betont die Konturen seines Oberkörpers. Der ist wohl alles andere als unbeliebt bei den hiesigen Damen.

„Na, dann legen wir doch gleich los.", schlägt er vor. Er lotst Iona und mich auf die beige Rückbank seiner kleinen Maschine. Lewis ist da schon etwas unbeholfener und verwirrt von der ganzen Technik, als er das Flugzeug besteigt. Er erinnert mich ein bisschen an *Catweazle*.

Lewis ist verunsichert, Iona findet's aufregend und ich tue cool und nehme alles als selbstverständlich. Timothy ruft, nachdem er jegliche Checklisten durchgegangen ist: „Clear Prop!", und versetzt die Maschine mit dem Starten des Propellers in eine mächtige Vibration. Die umliegenden Gräser beugen sich dem starken Luftzug und glänzen in der Sonne. Weil Lewis nicht so gut mit dem zweiten Headset an Bord klar kommt, setze ich es auf. Nur Timothy und ich können uns hören.

Wir heben ab.

„Hörst du mich?"
„Jap, funktioniert. Nette Maschine."
„Danke. Will aber mal sehen, dass ich in den nächsten Jahren 'ne neue bekomme. Die hier hat schon einige Jahrzehnte miterlebt. Ich meine, wenn ein Flugzeug den Rücktritt von Richard Nixon miterlebt hat, dann sollte man sich überlegen, ob sie nicht doch zu alt ist. Aber dafür hat die *Arrow* auch 'ne Menge Seele."
„Wow, nicht schlecht. Aber sie fliegt ja immerhin noch."
Er weiß vom Nichthören der Anderen:
„Ist das *deine* Freundin?"
„Hätten Sie mich vor drei Tagen gefragt, hätte ich noch nein sagen müssen."

„Und jetzt nicht mehr?"

„Nein, jetzt nicht mehr. Ihre Frau ist Amerikanerin?"

„Ja, wir haben uns damals in Portland kennengelernt."

„Das ist in Washington, oder? Nein, warte, in Oregon, oder?"

„Genau. Letzteres. So wie Lewis erzählt hat, bist du nicht von hier. Was machst du dann hier? Machen Leute deines Alters nicht viel lieber Städtetrips, wo sie feiern können?"

„Da fängts schon an. *Leute meines Alters*, das bin irgendwie nicht ich."

„*Piper November two-zero-niner heading northbound, 4 miles west of Echo-Golf-Delta-Kilo.* Bist du nicht? Was bist du dann?"

„Weiß nicht. Ich bin nicht konform genug für Schubladen."

Iona blickt mich zusammenhangslos an und lächelt. *Catweazle* ist mit dem Ausblick beschäftigt.

Dann sage ich: „Wissen Sie, am liebsten würde ich einen Pilotenschein haben, mir so eine Maschine, wie Sie haben, schnappen und durch den ganzen Kontinent fliegen. Ist mir schon klar, irgendwer muss den Sprit bezahlen. Aber das ist mir in meiner Vorstellung echt egal. Ich würde mein Zelt mitnehmen und mich überall dort niederlassen, wo es mich hinzieht. Vielleicht auch in ein Motel oder notfalls würde ich auch in der Maschine schlafen. Da bin ich nicht so. Oder 'nen Roadtrip, da hätte ich Bock drauf. Mit 'nem guten Kumpel durch die Lande fahren, die Zeit vergessen, sich selbst verlieren. Oder meinetwegen auch mit 'ner Fluggesellschaft von Stadt zu Stadt fliegen. Kopenhagen, Oslo, Lissabon, Dublin, Brüssel, Venedig, Athen, Nizza, was auch immer. Oder wie wäre es mit dem Schiff? Irgendwo hinfahren, wo es ziemlich abgelegen ist. Färöer Inseln oder sowas! Verstehen Sie, was ich meine? Ich will Erfahrungen sammeln. Verstehen Sie? Ich bin jung. Warum soll ich meine Zeit mit Konventionen vergeuden? Warum soll ich meine Zeit mit Konsequenzen vergeuden?"

„Ein Träumer, he?", meint er.

„Ja, ich weiß..."

„So einer war ich früher auch."

„Und wieso jetzt nicht mehr?"

„Weil ich das, was ich konnte, wahr gemacht habe. Als ich jung war, da bin ich mit einem Kumpel per Anhalter durchs Land gefahren. Das ist eine unheimlich wichtige Zeit gewesen. Von dem Zeitpunkt an, an dem man erwachsen wird, bis etwa Mitte zwanzig, da steht einem die Welt offen. Man hat unter den Erwachsenen noch einen Welpenbonus, aber man ist trotzdem frei. Und dann muss man nur noch den

Sprung ins Erwachsenenleben schaffen, ohne seine Wünsche aufzugeben."

„*Nur noch?* Klingt nicht so nach, naja... Klingt nicht so nach machbar."

„Als ich 19 war, da hätte ich am liebsten jede freie Minute in der Natur verbracht. Als ich 19 war, da wollte ich frei sein, wie ein Vogel. Als ich 19 war, da wollte ich ans Meer ziehen."

„Und jetzt?"

„Jetzt bin ich Ranger, habe einen Pilotenschein und habe mit meiner Familie ein kleines Haus am Meer. Weißt du, was das heißt?"

„Nein. Was denn?"

„Dreams fucking come true!"

kapitel 33 – mein vorsprung

Es ist ein freier Tag. Ein Tag ohne Bestimmung. Und das so kurz vor meiner Abreise. Denn Iona ist heute verhindert, Lewis etwas abwesend, hab' bei beiden nicht genau verstanden, warum. Es ist ein letzter einsamer Tag für unbegleitete Spaziergänge.

Und an diesem Tag gehe ich zum noch einzig unbesuchten Ort meiner Reise: dem Leuchtturm. Ramh Lighthouse. Dort, wie er da liegt, auf der Zunge aus Felsen, umringt von scharfen Kanten. Er erinnert mich ein bisschen an *Shutter Island*. Das Weiß ist längst vergraut,

nach ewigen Jahren der Gezeiten. Er ist um-
zäunt, abgelegen und scheint, als sei er von
Menschen verlassen.

Den Seefahrern ist er eine Orientierung, das
war er zumindest mal, doch für mich bedeutet
er nur Zerstreuung.

Der Tag ist grau, die Wolken schwer beladen
und es schaut aus, als würde der Himmel gleich
auf einen hinab krachen.

Unweit des Zauns stelle ich mich auf, halte
Ausschau nach Schiffen und kann wenigstens
ein schwaches Licht erkennen, es flackert.

Die Brandung ist stark, sie spült, sie schäumt.
Sie peitscht das Gestein regelrecht aus, doch
scheint es das nicht anders gewohnt zu sein.

Ich schließe die Augen, denke an mein Mädchen. Dann vibriert es wieder in meiner Hosen-
tasche. Nein, nicht das, was sie denken. Ich
bekomme einen Anruf.

Ich ziehe mein Handy aus meiner schwarzen
Jeans, versuche es in einer Bewegung zu drehen
und meine Finger verlieren es. Es springt mir
aus der Hand und ich greife hinterher, greife
aber ins Nichts. Es fällt den Abhang hinab und
ehe ich mein Gleichgewicht wiedererlangen
kann, schwinge ich mit, unterstützt von einem
Windstoß, dem Handy hinterher. Ich falle, bin
zwar frei wie ein Vogel, doch löst mein Blickfeld Schrecken aus. Mit dem Oberkörper voran,

falle ich, sehe nichts als anthrazitfarbenen Fels, die weiße Brandung und wie ein Zeitraffer schießt es durch meinen Kopf: *mein Leben.*

Doch merke ich gleich, es sind keine Momente der Größe, es sind Momente ohne Bedeutung, Banalitäten, nichts Bewegendes.
Will man in seiner letzten Sekunde an eine dämliche Großtante denken? Denken *müssen?*
Das war es also jetzt? Hatte ich mir netter vorgestellt. Irgendwie anmutslos.
Der Moment ist vorbei, aber ein neuer ist da. Und schnell begreife ich, dass diesem noch unendliche folgen werden. Mit meinen Armen versuche ich, mich so gut wie möglich abzufangen, falle auf einen Vorsprung. Schürfe mir bestimmt dutzende Stellen, mein Korpus plumpst ungebremst auf den kalten Stein. Im ersten Moment krakeele ich, denke, ich sei todernst verletzt. Doch das bin ich nicht.
Für einige Sekunden bleiben meine Augen geschlossen. Ich stelle mir diese eine Frage: *Lebe ich noch?* Doch wer das tut, lebt noch.

Mein Erwachen erleichtert mich, doch finde ich mich in keiner schönen Lage wieder. Ich versuche mich aufzuraffen, den ganzen nassen Schmutz abzuklopfen und meine Schmerzen zu verbergen. Abgesehen von den Schürfungen, spüre ich einen unterschwelligen Schmerz im Bauch. Dann entdecke ich, dass ich einen Riss in der Hose habe, darunter ein wenig Blut.

Als ich meine Bestandsaufnahme abgeschlossen habe, stellt sich das größere Problem. Denn ein paar Kratzer und ein paar Schmerzen sind nichts gegen meine Isolation. Nach oben umranken mich steile, zudem noch nasse Felsen.

Das ist, als wenn man einen Schiffsbruch überlebt. Ist ja schön und gut, doch muss man auch noch von einer dämlichen Insel weg.

Auf dem Vorsprung liegt nichts weiter als die Plastikverkleidung meines Handys. Der Rest ist im Meer.

Ich lasse mich wieder kraftlos hinabfallen und seufze in meine Hände. Zu allem Überfluss fängt es allmählich an zu regnen. Und nein, ich meine nicht diesen Weichei-Regen. Ich meine schottischen Regen.

Ich dränge mich in die hinterste Ecke des Vorsprungs und kreuze meine Arme. Jahrelange *Bear Grylls*-Erfahrung bringt halt doch nix.

Immer wieder werden meine Hände angeleuchtet vom Schein des Leuchtturms und nach langen Minuten wird mir klar: Mein Lebenswille ist nicht zu bändigen. Ich versuche eine Stelle zu finden, an der ich mich hochhieven kann. Der Vorsprung ist vielleicht so lang wie ein Bett.

Überall, wo ich mich festhalten will, rutsche ich ab. Ich finde keinen Halt. Dann aber schaffe ich es, mich irgendwo an einem Moosbüschel festzuhalten, meinen Fuß auf einen Absatz zu stellen. Doch dann reißt das Moos. Nur schwerlich kann ich mich abfangen. Mein Bauch schmerzt bei jeder Anstrengung mehr und mehr. Es ist einfach unmöglich. Ich komme nicht mehr hinauf.

Verzweifelt und bedröppelt gebe ich dem Regen Angriffsfläche. Ich muss an Iona denken. Ihr Lächeln ist eine Sprache. Doch mein Grinsen ist nichts weiter als stumpf. Ihr Herz ist ein eigener Planet. Doch mein geschundener Fleck, an der Stelle, an der sonst ein Herz sein sollte, ist nichts weiter als Brache.

Ich muss an Kate denken. Immer noch ist sie in meinem Kopf. Obwohl sie es doch gar nicht mehr sein sollte. Nur, weil meine Gefühle zu Iona bestätigt wurden, heißt das nicht, dass andere Gefühle vollständig schwinden.

Ich dachte immer, wenn man in einer so absoluten Situation ist, dann will man nichts anderes als Gutes zu tun, alles besser machen als vorher, nie mehr dieselben Fehler begehen. Doch muss ich feststellen, dass ich in denselben Problemen hänge, wie sonst auch.

Der Regen verzieht sich spürbar. Auf dem Meer ist er noch zu sehen, doch nicht mehr auf meinem Körper zu spüren. Ich versuche, diesem Moment eine gewisse Romantik abzugewinnen. Und in diesem Augenblick bricht der Himmel auf, das Blaue schaut hindurch und flüchtige Strahlen der Sonne scheinen aufs Meer. Ein riesiger Regenbogen erstreckt sich vom einen Augenwinkel zum anderen.

Alles andere ist egal, mein Schmerz ist für eine Sekunde weg und meine Augen werden nass. Ich fange an zu lächeln.

Ich greife mit meinen Fäusten ins Hosenbein und stehe auf. „Na gut, dann wollen wir mal gehen", denke ich mir.

Wie selbstverständlich, ist mir klar, dass der Weg nach unten geht.

Ich suche alles nach weiteren Abhängen ab und lasse mich diesmal nicht von der Brandung blenden. Von einem gewissen Fatalismus erfüllt, steige ich hinab, komme was wolle. Einmal falle ich sogar ein, zwei Meter hinab. Es ist mir egal.

Etwa zehn oder fünfzehn Meter sind es am Ende, die ich mich dem Meeresspiegel nähere. Bis dahin sehe ich nur Wasser unter mir. Ein letztes Mal halte ich mich fest, ein letztes Mal lasse ich mich fallen.

Dann, ich öffne meine Augen wieder, spüre ich Sand in den Händen. Er ist nass und klebrig. Es war viel zu einfach. Die ganze Zeit hätte ich nur hinuntergehen müssen. Hätte nicht eine Stunde lang nachdenken müssen. Hätte nicht versuchen müssen zu schlafen, in der Hoffnung, dass alles wieder gut ist, wenn ich aufwache.
Wollen Sie raten, was neben mir liegt?
Richtig geraten (oder auch nicht): mein Handy. Es ist äußerst mitgenommen. Kratzer und Splitter überall. Gebettet in den weichen Sand. Zu meiner Verwunderung funktioniert alles noch. Eine neue Nachricht:

„Hey Ad,
hab versucht dich anzurufen, aber gehst ja nicht ran. Und jetzt bin ich zu ungeduldig, um auf dich zu warten. Deswegen schreibe ich dir.
Wollte nur sagen, dass ich dich wirklich gerne genauer kennenlernen will. Du warst in letzter Zeit echt nett zu mir. Das waren irgendwie Wenige. Wollen wir nicht wirklich mal ein Date ausmachen? Würde mich sehr freuen.
Lieben Gruß
Kate"

Sie schreibt es ganz offen: *Date.* Verdammt. Nie habe ich ihr von Iona erzählt. Natürlich nicht. Ich bin angekommen: *Teufelsküche.*

Ich stecke mein Handy wieder weg, will nichts davon wissen und schaue erst in den Himmel, dann in den Sand. Es verläuft ein schmaler Weg am Meer entlang. Ich passiere ihn, mit meinen körperlichen Schäden. Nach zwanzig Minuten gelange ich in vertrautes Gebiet. Ich habe es geschafft. Lebend.

Ich stelle mir schon vor, wie ich Iona begegne, oder Lewis, und dabei aussehe, wie ein verwundeter Actionheld. Ein grinsender Actionheld.

kapitel 34 – zu teilen

Es ist Donnerstag. Mein Drama ist mittlerweile einen Tag her. Lediglich eine Nacht trennt mich von meiner Abreise, und so richtig gehen will ich nicht. Vor jeder Abreise bekomme ich das Gefühl, mich ja gerade erst richtig eingelebt zu haben.

Ich lade Iona zu mir ein, um noch einen letzten Nachmittag mit ihr zu verbringen.

Wir gehen wieder einmal spazieren, sind immer viel draußen. Und ich weiß nicht, wie endgültig sich dieser Moment nun anfühlt. Ich unterrichte sie genau von meinen Vorhaben. Dass ich morgen weg will, weiß sie bereits. Sie ist anhänglicher als sonst. Irgendwie wehmütig. Und die Meeresluft lässt ihre Haut wie ein trauriges Stück Seide aussehen. Bei jedem Lächeln spannen sich ihre Lippen. Ihre Augen glänzen und die Schminke, die sie umfassen, schimmert matt. Meine Güte, ich kann meine Augen nicht von ihr lassen.

So richtig wissen wir beide nicht, was wir sagen sollen. Es ist zu früh für Abschiede, zu spät, um in neue Themen einzusteigen. Wir hängen zwischen den Stühlen.

Aus Verlegenheit hole ich meine Zigaretten heraus. Ich habe sie nie wirklich gebraucht, doch jetzt scheint mir ein passender Moment zu sein, wobei ich daran zweifle, dass Iona das toleriert. Ich habe sie also in der Hand und warte auf ihre Reaktion.

„Darf ich?", frage ich sie.

„Ähm...klar."

„Willst du?"

„Habe ich noch nie." Sie stutzt. „Also los, gib her."

„Du hast noch nie geraucht?!"

„Nein. Hat sich irgendwie nie ergeben."

„Willst du denn echt?"

„Ich weiß nicht, wie es ist. Also sollte ich es ausprobieren."

„Nachher fühle ich mich schlecht, weil ich dich dazu verführe. Obwohl, eigentlich bist du ja erwachsen."

Ich gebe ihr eine Zigarette und zünde sie ihr an.

„Einfach ziehen", sage ich.

Sie zieht und für lange Zeit geschieht nichts. Dann kommt ein längst überfälliger Huster aus ihr raus.

„Das ist ganz normal", lächele ich.

Sie zieht weiter und weiter.

„So, bin ich jetzt süchtig?", fragt sie.

„Weiß nicht, bist du?"

„Mir ist höchstens schwindelig."

Wir setzen uns auf einen Felsblock mit Meerblick und wechseln uns ab mit dem Rauchen. Wir teilten das Bett, wir teilten den Sekt, jetzt teilen wir die Zigarette. Ich hielt nie etwas vom Teilen. Ich hielt es für eine weitere Pseudoempathie-Erfindung des Menschen. Genau so, wie ich nie etwas von der Ehe hielt, diese erstunkene Monogamie, kirchlich erfunden. Nur ein Ideal. Fernab von Natürlichkeit.

Doch jetzt, wo *WIR* teilen, macht es mir Freude. Schon Albert Schweitzer wusste, dass Glück sich verdoppelt, wenn man es zu teilen weiß.

Nun, ich will damit nicht sagen, dass Zigaretten gleich Glück bedeuten. Es ist viel eher der Moment. Es ist das Teilen überhaupt, ganz egal, was man teilt, und wenn es das Klopapier ist (okay, ein schlechtes Beispiel). Dann vielleicht doch lieber ein Hot Dog oder so.

Da sitzen wir also. Sie erzählt mir, dass sie mich

180

auf dem Festland besuchen will. Ich verspreche ihr das Gleiche.

„Ich hasse dich - denn nur wegen dir, werde ich dich unglaublich vermissen."

Mit traurig lächelnder Miene schmiegt sie sich an mich, wobei meine Wunde von gestern schmerzt. Ich liebe Schmerz.

kapitel 35 – was wäre, wenn...?

Es sind besondere Momente, in denen man die dunkle Seite des Mondes erkennt. Auch an jenem Abend war dies der Fall. Ich musste dabei an Pink Floyds *Dark Side of the Moon* denken. Ich saß ein letztes Mal mit Lewis draußen. In einer, zugegeben, sehr kalten Nacht, unter klarem Himmel.

Das erste Mal begriff ich die Dreidimensionalität des Mondes. Sonst ist er nur eine Scheibe oder eine Sichel. Heute sah er tatsächlich wie eine Kugel aus, was in mir erstmals das Gefühl auslöste, dass er mir wirklich nah ist, begreifbar ist.

So selbstverständlich das auch ist, hier auf der Erde können wir nicht einmal um die nächste Straßenecke gucken, und doch sehen wir im Mond und in den Sternen etwas, das Millionen von Kilometern entfernt ist. Das Universum muss ganz schön leer sein.

Lewis saß auf seiner Holzbank und lehnte dabei an die Wand seines Häuschens. Aus irgendeinem Grund saß ich auf dem Boden. Wir schauten uns nicht an, wir schauten beide in die Ferne. Starrten ins Nichts.

Seit einigen Minuten brannten mir Fragen unter den Nägeln, auf die ich eine Antwort wollte. Sie betrafen Lewis' Weltbild. Ich hatte von seinem damaligen Glauben an Gott gehört, wusste, dass er nicht mehr glaubt.

„Verändert Gott etwas an unserem Leben?"

„Du meinst Gott als Konjunktiv? Nein."

„Aber wenn jemand gläubig ist, dann lebt er doch anders, wenn er an Gott glaubt?"

„Ja, aber das würde er doch auch ohne die Existenz von Gott. Den Unterschied macht ja nur der Glaube daran. Dazu muss es ihn nicht geben. Es ist der Glaube, nicht Gott. Zumindest kann mir niemand das Gegenteil beweisen. Und solange das so ist, ist die Existenz irrelevant. Wir Menschen brauchen das."

„Was?"

„Den Glauben an etwas. Das ist unser Antrieb. Und manche Menschen können den nicht in etwas Irdischem finden. Das heißt, oft höre ich von irgendwelchen frommen Leuten, dass sie etwas gefunden hätten. Jesus oder so. Aber ich denke, viel eher haben sie etwas anderes nicht gefunden. Weißt du, wir Menschen haben das

Wort *Göttlichkeit* erfunden, können es aber nicht beschreiben. Versuch's mal."

Ich stutzte ein wenig: „Ähm. *Göttlichkeit*. Naja, das heißt, dass etwas besser ist, als wir. Besser als wir Menschen."

„Gar nicht mal so schlecht, du kleiner Scheißer", lachte er und fuhr fort:

„Aber das ist der Punkt. Wenn wir uns nicht nach oben orientieren können, dann stellen wir fest, dass das Leben hier *ALLES* ist. Ich glaube, manche Menschen können diesen Gedanken nicht ertragen. Gerade wenn ihr Leben sie nicht glücklich macht."

Wir schwiegen.

„Macht dich dein Leben glücklich?"

Er seufzte. „Sagen wir so: *Nicht mehr*. Aber viel mehr hoffe ich auf ein *'noch nicht'*."

„Wieso glaubst du dann nicht mehr?"

„Weil ich meine Verantwortung nicht abgeben will. Ich bin für die Situation, in der ich bin, verantwortlich. Ich ganz allein. Meiner Erfahrung nach, kann mir das kein Gott abnehmen und ich bin der Einzige, der was daran verändern kann."

„Wieso tust du es dann nicht?"

Schweigen.

Lewis nahm einen Zug an seiner Pfeife, schaute kurz in den Himmel, als suchte er eine Antwort und ging zurück ins Haus.

Bei niemandem geht das Denken und das Handeln so weit auseinander, wie beim Menschen. Damit Sie mich nicht falsch verstehen: Ich möchte das keinesfalls anprangern. Dazu habe ich kein Recht, ich bin ja genauso. Doch was wäre, wenn wir einfach mal handeln würden? Das tun würden, wovon wir träumen? Ich gebe zu, mein Alter bringt eine gewisse Rücksichtslosigkeit, was Konsequenzen angeht, mit. Mit der Zeit lernt man wahrscheinlich, verhältnismäßiger zu handeln. Die Gesellschaft hat uns mittlerweile ja sowas von weichgespült. Doch kommt es nicht gerade auf das drastische Handeln an? Denn es geht ja nicht nur um unsere persönlichen Träume. Es geht ja auch oft ums große Ganze. Und soweit ich weiß, waren so gut wie alle Menschen, die diese Welt ein bisschen besser gemacht haben, Außenseiter, Freaks oder in irgendeinem Sinne Nerds. Alles Menschen, die kühn genug waren, um drastisch zu handeln. Dass das nicht immer schön endete oder die Vorsätze nicht immer gut waren, weiß ich ja auch.

Mir geht es ja nur um das: *Was wäre, wenn...?*

Wie ich bereits sagte: Irgendwie bin ich ja ein Idealist. Einfach auch, weil ich glaube, dass man die Welt nicht mit Kompromissen verbessern kann. Vielleicht ist das ja auch das Problem der Politik. Sie besteht nur aus solchen. Zwischenmenschliche Kompromisse mögen ja sinnvoll sein, damit sich nicht alle die Köpfe einschlagen, seh' ich ja ein.

Ach, ich weiß auch nicht. Das Thema verwirrt *mich* wohl nicht minder, als mein Gerede *Sie*.

Ich sollte beim Einschlafen nicht so viel nachdenken.

kapitel 36 – bis bald, ad

Manchmal, da ist das Aufwachen von einem Gefühl des Unbehagens behaftet. „Lasst mich doch ewig weiterschlafen", dachte ich. Es war der Tag des Abschieds, ein Schlusspunkt. Viel größer noch, als ich es vor drei Wochen gedacht hätte.

Ich hatte Lewis und Iona dazu aufgefordert, mich nicht zur Fähre zu begleiten, aus Schutz. Ich weiß, wie schmerzhaft es sein kann, dann wieder zurückkehren zu müssen. Ach man, wie sehr ich Abschiede doch hasse. Und das, obwohl ich ja ein kleiner Drama-King bin.

Der Moment war also gekommen. Beide standen mir vor Lewis' Haus gegenüber, etwas hilflos. Das einzige Taxi der Insel stand schon bereit. Ich wusste nicht, von wem ich mich als erstes verabschieden sollte. Einerseits war Iona die Dame, andererseits war sie diejenige, die ich als letztes berühren wollte.

Also nahm ich Lewis zuerst. Was dann folgte, war wohl eine Männerumarmung, eine Umarmung zweier Generationen. Seine Wehmut drückte er in Klopfern auf meinem Rücken aus. Ich, als der Fortreisende, hatte es leichter. Ich würde nicht zurückgelassen werden.

„Lass dich bald mal wieder blicken", klang es von ihm.

„So schnell ich kann."

Dann war Iona an der Reihe. Viel mehr beunruhigte mich, dass sie viel weniger mit Tränen kämpfte als Lewis. Er konnte seine Zerbrechlichkeit nicht verbergen. Iona hingegen musste sie so tief tragen, dass sie nicht an die Oberfläche rückte. Denn ich wusste, dass es genauso schwer für sie war.

Sie brachte nur ein gefasstes: „Bis bald, Ad", heraus. Dann ließ sie ihren Kopf auf meinen Brustkorb fallen und presste ihre Augen zusammen, biss sich auf die Lippen.

Ihre Tristheit war nun nicht mehr zu übersehen.

Ich drückte sie fest, fühlte mich irgendwie stark, küsste sie nur einmal, aber intensiv.

Dann wandte ich mich ab, schaute noch einmal zu Lewis, ließ Ionas Hand los und verschwand im Taxi. Als der Fahrer den Motor anließ, legte Lewis einen Arm um Ionas Schulter, als wolle er ihr klar machen, dass sie jetzt im selben Boot sitzen. Ein süßes Bild war das.

Wir schauten uns ein letztes Mal an, wir Drei, wir Einheit, durch diese glänzende Scheibe. Ich hob meine Hand, salutierte mit zwei Fingern. Wie ein Soldat, der abtritt.

kapitel 37 – wieder unterwegs

Das war es also. Jetzt sitze ich auf den überdachten Bänken des Fährhafens, warte auf die nächste Fähre.

Dann kommt eine junge Frau vorbei, ja eigentlich ein Mädchen. Vielleicht so um die zwanzig, in der Blüte ihrer Jugend. Sie fragt mich nach dem Weg.

„Können Sie mir sagen, in welcher Richtung Barkin Bay liegt?"

„Ja, klar. Von hier aus immer links halten. Wo müssen Sie denn hin?"

„Etwas außerhalb von Barkin Bay ist das. Will dort wen besuchen."

„Wen besuchen?"

„Ja."

Dann sehe ich die Routenbeschreibungen in ihrer Hand. Zwischen den Seiten ist ein kleines Bild erkennbar. Es ist von jemandem, der mir sehr wohl bekannt ist. Es ist ein jüngerer Lewis. Es ist tatsächlich Lewis.

„Dann viel Erfolg dabei!", sage ich ruhig.

„Danke", sagt sie höflich.

„Grüßen Sie Lewis von Adrian."

Verdutzt guckt sie zu mir, doch ich bin längst aufgestanden und auf dem Weg zur Hafenmole. Es war Lewis' Tochter.

Eine halbe Stunde später betrete ich die brummende, kleine Autofähre. Alles ist entschieden, außer eines. Denn eine Frage ist immer noch in mir offen. Iona oder Kate?

Im Angesichte der Tatsache, dass ich bereits mit Iona zusammen bin, wird nichts leichter. Doch stehen mir zwei Chancen offen und ich muss abwägen, welche *meine* ist. Hätte nie gedacht, dass ich mal Luxusprobleme habe.

Die Fähre legt ab. Wir schippern auf offenes Gewässer. Ich stelle mich vorne an den Bug und beobachte das Wasser, das es noch zu befahren gilt.

Ich überlege länger und irgendwann frage ich mich: „*Was ich das Wichtigste im Leben? Die Quintessenz?*" Dann kommt mir eine Idee. Ich zücke mein Handy und schreibe Kate: „Hey Kate, sag mal, welche Träume hast du eigentlich so?"

Dann rufe ich Iona an.

„Ja?"

„Ich bin's. Ich habe *eine* simple Frage."

„Welche denn?"

„Welche Lebensträume hast du?"

„Ähm...puh, da fragst du mich was. Naja, die Welt bereisen. Ich will ganz viel rumkommen, einfach leben, einfach vom Leben lernen, frei sein."

„Gut. Danke, Iona!"

„Ach, Ad?"

„Ja?"

„Wir skypen bald mal, *ja?*"

Ich freue mich über ihr Angebot, doch kann ich es nicht so richtig zeigen. Ich bin viel zu sehr in Gedanken.

„Klar, bis dann."

Gerade als ich mein Handy wegstecken will, bekomme ich Kates Antwort:

„Also, was meinst du denn damit? Wäre cool, wenn ich bald befördert werde. Erst Chefin werden, dann eigenes Haus haben und Kinder. Das wär's doch."

Danke, Kate, für deine Antwort. Ich weiß jetzt, wer zu mir gehört. Deine Welt ist einfach nicht meine. Aber wenn du willst, können wir uns trotzdem auf einen Kaffee treffen. Genau das dachte ich mir.

So stehe ich also auf der Fähre nach Mallaig und merke, es wird Zeit für ein Fazit.

Ich vermag viel mitzunehmen von dieser Insel.

Doch viel wichtiger als die Insel selbst, die äußere Hülle, sind mir ihre Menschen.

Was wäre Dearinish ohne **Lewis** gewesen? Ohne diesen, zuerst unbeliebten, alten Mann. Ein alter Mann, der mir gezeigt hat, dass jeder Mensch wandelbar ist, dass das Leben lebenswert ist, sobald man es mit Humor nimmt.

Was wäre Dearinish ohne **Donnie** gewesen?

Ohne diesen von Grund auf lieben Menschen, der mir immer zeigte, dass kein Zusammenhang zwischen Geld und Glück besteht.

Was wäre Dearinish ohne mein erneutes Aufeinandertreffen mit **Frédéric** gewesen?

Diesem immer noch wildfremden Schriftsteller, der mir beibrachte, die Fragen dieser Zeit zu stellen. Der mir beibrachte, mich von meinen Vorbehalten zu befreien.

Was wäre Dearinish ohne **Ian** gewesen?

Es wäre um einige Barkeepermoves ärmer und ein Stück hektischer gewesen.

Was wäre Dearinish ohne **Timothy** gewesen?

Ohne ihn wäre der Träumer in mir längst erloschen.

Was wäre Dearinish ohne **Mrs. Miller** gewesen? Sicherlich ein Stück herzloser und mein Glaube daran, Iona erobern zu können, viel zu schwach.

Und am Ende wird mir klar, vielleicht sollte ich mich eher fragen: Was wäre *ICH* ohne all diese Menschen gewesen?

Ich habe etwas Entscheidendes gelernt: Es gibt kein *Gut* und *Böse*. Die Welt besteht aus lauter

Grautönen. Ich glaubte an ein Schwarz und Weiß in dieser Welt. Doch nun weiß ich: Alles, woran ich litt, war Denkfaulheit.

Ja, in jedem steckt ein Hitler. Aber steckt auch in jedem ein Gandhi. Wir selbst entscheiden, welche Seite, welchen Grauton wir wählen. Niemand ist von Grund auf böse.

Ich will nicht romantisieren, doch das nehme ich von den Menschen auf Dearinish mit. Eine kleine Insel, die über den Tellerrand blickt. Und um das zu erkennen, musste ich so manches Mal meine *Vor-Urteile* überwinden.

Diese Reise ist zu Ende, doch sie war erst das Vorwort zu etwas viel Größerem.

Diese Zeit zeigte mir, dass ich auch bestehen kann, glücklich werden kann, ohne meine Nachdenklichkeit aufgeben zu müssen.

Es bringt nichts, sich auf falsche Ideale wie Prestige oder Konformität oder Karriereerfolg zu verlassen. Sie sind ohne Bestand.

Ich hörte, dass John Lennon einmal sagte:

„Als ich 5 Jahre alt war, sagte mir meine Mutter immer, dass Glücklichsein das Wichtigste im Leben ist. Als ich zur Schule ging, fragten sie mich, was ich sein wollte, wenn ich erwachsen bin. Ich schrieb 'glücklich' hin. Sie sagten mir, dass ich die Aufgabe nicht richtig verstanden hatte, und ich sagte ihnen, dass sie das Leben nicht richtig verstanden hatten.“[6]

Es zählen die Details. Sie sind am Bedeutsamsten. Gesellige Abende, stille Momente, neue Horizonte, die Herdenwärme, sich für etwas zu entflammen. *Das* zählt für mich.

Iona? Danke für eine Romanze, wie sie im Buche steht. Danke für erstmalige und tiefste Gefühle der Erfüllung. Danke für die Welt, die wir noch bereisen werden. Du flutest sie mit Licht.

Wir sehen das Festland auf dieser schmalen Linie, die wir Horizont nennen. Ich schaue voraus. Auf das, was kommt. Neben mir steht ein Mann mit kurzen Haaren und Lederjacke. Es kommt mir vor, als schaue ich mich in 15 Jahren an.
Seine Frage kommt wie aus dem Nichts:
„Und was machen *Sie* so?", fragt er mich.
„Ich bringe was zur Reparatur."
„Und was?"
„Mein Leben."
Wir blicken in die Ferne und ich merke, mit meiner Antwort sind wir beide zufrieden.

Henry Kardel (*1996)

Lieblingsbücher: Das verflixte dritte Jahr (Frédéric Beig-
beder), Der Fänger im Roggen (J.D. Salinger), Momentum
& Das Hohe Haus (Roger Willemsen)

soundtrack

1. *gestrandet* – **Drive** (Incubus)
2. *reisekrank* – **Grizzly Bear** (Angus & Julia Stone)
3. *schlafen* – **In The Waiting Line** (Zero 7)
4. *nightlife* – **Every Part of Me** (Sam Roberts)
5. *frédéric* – **Since I've Been Loving You** (Led Zeppelin)
6. *im café* – **Sunday Morning** (Maroon 5)
7. tischgespräche – **Ain't No Sunshine** (Bill Withers)
8. *kate* – **Please Don't Stop the Rain** (James Morrison)
9. *turbulenzen* – **So Long China** (Winger)
10. *eindruck nr. 1* – Spotify: **Language of Birds** (Sting),
    Youtube: **And Yet** (Sting)
11. *mcintyre's* – **Scratches** (John Frusciante)
12. *adoleszenz* – **Love Hurts** (Incubus)
13. *ich hasse telefonieren* – **King Street** (Stu Larsen)
14. *iona* – **Breaking the Rules** (Jack Savoretti)
15. *so simpel?* - **The Great Northwest** (Mighty Oaks)
16. *ein zettel* – **Nine Million Bicycles** (Katie Melua)
17. *schwellenlos* – **Seven Days** (Mighty Oaks)
18. *zuhause/tod* – **Home** (Jack Savoretti) / **Wonderful Life**
    (Katie Melua)
19. *wiegenfest* – **Agape** (Bear's Den)
20. *beziehungsweise* – **Wonderful World** (James Morrison)
21. *dramatiker* – **Water Under Bridges** (Gregory Porter)
22. *zwei magneten* – **Venice Queen** (Red Hot Chili Peppers)
23. *fragen über fragen* – **Love Her Madly** (The Doors)
24. *aphroditen* – Spotify: **Moonshine** (Katie Melua),
    Youtube: **Two Bare Feet** (Katie Melua)
25. *lewis* – **I Was Blind** (Martin and James)
26. *schnittstellen* – **Fever Dream** (Iron & Wine)
27. *ich, der idealist* – **Oh Pretty Woman** (Gary Moore)
28. *donnerwetter* – **We Are Undone** (Two Gallants)
29. *träum' weiter* – Spotify: **Dream On** (Revolution Saints),

Youtube: **Turn Back Time** (Revolution Saints)
30. *genesis* – **Winning Streak** (Glen Hansard)
31. *das gewicht der welt* – **Gone Too Long** (The Answer)
32. *vogelfrei* – **Sirens** (Pearl Jam)
33. *mein vorsprung* – **Some Trouble** (Two Gallants)
34. *zu teilen* – **The Past Recedes** (John Frusciante)
35. *was wäre, wenn...?* - Spotify: **It's Not the Same Moon**
    (Sting), Youtube: **Soldier of Fortune** (Whitesnake)
36. *bis bald, ad* – **Imagine** (John Lennon)
37. *wieder unterwegs* – **Unterwegs** (Pohlmann)

Ende: **Finally** (The Frames)

Hinweis: Aufgrund von unterschiedlicher Verfügbarkeit der Lieder auf den Plattformen, sind die beiden Playlists nicht identisch.

Spotify-Playlist:
https://open.spotify.com/user/1132338617/playlist /2xHhuDxNFhHjkFydD7VQ9C

Youtube-Playlist:
https://www.youtube.com/playlist?list=PLuH-INBa0rrEKGgTKdNdxetjBcRVN0DG-

quellen

1 – *Into the Wild*. Directed by Sean Penn. 2007; USA: Paramount Vantage, 2007. Film

2 - *Into the Wild*. Directed by Sean Penn. 2007; USA: Paramount Vantage, 2007. Film

3 – Heinrich Heine: Fragen. Aus: *Der Sinn des Lebens*. Hrsg. Von Christoph Feige, Georg Meggle und Ulla Wessels. München 2000 (dtv 30744), S. 40.

4 – Franklin, Benjamin*:* http://www.phrases.org.uk/meanings/death-and-taxes.html

5 – Porter, Gregory. „Water Under Bridges", Blue Note (Universal Music), 2013.

6 – Lennon, John: http://www.365motivation.de/motivationsspruch/4974